ちいさな君と、こえを遠くに
3
ツカサ
ill. しらたま

穂高さんが手に力を込めた。

「だからこうして触れられる間に――

声が届くうちに伝えておくわ」

そっと彼女は俺の耳元に顔を寄せ、囁く。

「好き」

「っ……嬉しいのっ！」
そう言って忍ちゃんは
俺に抱き付いてくる。

「がんばって————っ!!」
肺に溜めた空気をお腹から全て絞り出す。
歓声の中でも届くように。
ただ必死に声の限りに叫ぶ。

Contents

ちいさな君と、こえを遠くに3

ツカサ

講談社ラノベ文庫

口絵・本文イラスト／しらたま
デザイン／たにごめかぶと（ムシカゴグラフィクス）
編集／庄司智

序章

桜が散り、緑が芽吹き、やってくるのは新しい日々。

わたし——白瀬空《しらせそら》は学年が一つ上がり、小学六年生になりました。

あの人と出会ってから、もう丸一年。

あっという間の毎日でした。

＊

キーンコーンカーンコーン。

チャイムの音が鳴り、ホームルームが終わると、わたしは友達に挨拶をしてから教室を出る。

今日は月曜日。

小学校を後にして向かうのは、児童館ではなく——駅のある方角。

六年生になって、ボランティア委員を辞めたわけではない。

去年ほど活動できてはいないけれど、週に二日……火曜日と木曜日は児童館に顔を出している。

ただ残りの平日——月、水、金には他の用事があった。

「レッスン……今日もがんばらなきゃ」

周りに聞こえない小さな声で呟《つぶや》き、自分に気合を入れる。

待ち合わせ時間にはまだ少し余裕があったので、駅前の書店で時間を潰す。

もうそろそろかと改札前に向かうと、そこにはもう〝仲間たち〟の姿があった。

レッスンの日が同じ時は、なるべく一緒に行くようにしている。

今日は珍しく全員が揃《そろ》う日だ。

「ソラお姉ちゃーん！」

同じ小学校に通う四年生の鈴森忍《すずもりしのぶ》ちゃんが、小柄な体でぴょんぴょんと飛び跳ねながらわたしを呼ぶ。

それぞれ違う中学の制服を着た少女——桜乃美沙貴《さくらのみさき》さんと東雲紫苑《しののめしおん》さんもこちらに手を振った。

そして彼女たちの後ろには、高校生の男女の姿。

何か話をしていた二人は忍ちゃんの声でこちらに気付き、近づくわたしに笑顔を向けた。

二年前から一緒にボランティア委員をやっている穂高塔子《ほだかとうこ》さんは、高校三年生になってますます綺麗《きれい》になった気がする。

わたしもあんな風にスタイルが良くなりたい。

──そうすれば、あの人も……。

そこで彼女の隣にいる男子高校生に視線を移す。

「っ……」

視線が合い、どくんと心臓が跳ねる。

頬が熱くなり、何だかとても恥ずかしくなって……わたしは顔を伏せた。


「ソラちゃん、お疲れ様」

彼が優しく声を掛けてくれる。

深みのある低い声。

素敵だなと、いつも思う。

「……お、お疲れ様です……カナタさん」

勇気を出して顔を上げ、懸命に絞り出した声で彼──藤波奏太《ふじなみかなた》さんに挨拶を返す。

おかしい。

最近、カナタさんに会うたびにすごく緊張してしまう。

もう以前のように毎日は会えないから。

たまにこうして予定が合う日がとても貴重に思えて、大切にしなきゃと意気込んで、体が固くなってしまう。

「お兄ちゃん！　みんな揃ったから行こっ！」

わたしが硬直している間に、忍ちゃんがカナタさんの腕に抱き付く。

忍ちゃんは相変わらずカナタさんのことが大好きだ。そうした気持ちを行動で示せる忍ちゃんのことが少し羨ましい。

——わたしも……忍ちゃんみたいにできたら。

でも、分かっている。

もし本当に行動できたとしても、カナタさんはきっと少し困った顔で笑うだけ。

そんな想像しかできないことが、何だかとても——悲しかった。

第一章　声優養成所

1

「ソウタくん！　サインくださいっ！」

ホームルームが終わり、自分の席で帰り支度をしていると、突然横から声を掛けられた。

そちらを見ると、小柄な女子生徒が緊張した顔で立っている。

知らない顔だ。少なくともクラスメイトではない。

「こ、これにっ……お願いします……！」

そう言って彼女が差し出したのは、Eternal Red《エターナル　レッド》のベストアルバムだ。

Eternal Red——かつて俺がボーカルを務めていたバンド。

しかし……。

「ごめん、それはちょっと無理なんだ」

苦笑いを浮かべつつ、俺はそっとアルバムを押し返す。

「え……？」

「聞いての通り、俺はもうあの頃の声は出せない。バンドもEternal Redとしては解散してる。そんな俺が〝ソウタ〟としてサインをしちゃいけない気がしてさ」

心から申し訳なく思いながら言う。

けれど、どうしても Eternal Red のアルバムに今の俺がサインすることには抵抗があった。

「あ――そ、その……そんなことは……でも、あの、ごめんなさい……私、何も考えず押しかけてしまって……」

しゅんとしてアルバムを引っ込める女子生徒。

本当に悪いのはいきなりバンドを解散した俺の方なので、慌てて首を横に振る。

「気にしないで。きっと Eternal Red を応援してくれてたんだよな。ありがとう――君の気持ちはとても嬉《うれ》しいから」

心からの感謝を込めて、彼女に笑顔を向けた。

「ソウタくん……あっ、私また……」

表情を和らげて呟《つぶや》いた彼女だったが、ハッとして自分の口を押さえる。

「別に名前は好きに呼んでくれていいよ。そこは全然大丈夫」

バンドを再結成した幼馴染《おさななじみ》たちも、俺を以前と同じく〝ソウタ〟と呼んでいる。

それも少し前なら抵抗はあったかもしれない。

だけど俺はもう、過去を完全に切り離そうとは思っていなかった。

「は、はいっ……ありがとうございます」

大きく頷《うなず》く女子生徒。

「ただ、今は本名の藤波奏太《ふじなみかなた》でも色々とやってるから——もし興味があればちょっと見てもらえると嬉しい」

せっかくの機会なので現在の自分の売り込みもしておく。

どうしても控えめになるのは、昔の〝ソウタ〟のイメージを壊してしまわないか心配になってしまうから。

だがそこで彼女は笑顔で胸を張った。

「もちろんそれも知ってます……！　新しいバンド——Light Moment《ライト　モーメント》もめちゃくちゃ推してます！　こうしてお話しできただけでも嬉しくて……その……これからもずっとずっと応援してますから……！」

女子生徒はそう言うと顔を紅潮させ、「し、失礼しましたっ！」と勢いよく教室から駆け去っていった。

周りを見ると、教室に残っていたクラスメイトたちが〝またか〟という顔でこちらを眺めている。

俺は彼らに曖昧な笑みを返し、鞄《かばん》を持って教室から出た。

高校三年生になってから一月半。

新しいバンドで本格的に活動を始めたからか、あんな風にファンが教室に押しかけてくるのは日常茶飯事になっている。

ただLight Momentを応援してくれている熱心なファンでも、俺の〝もう一つの活動〟

を認知している者は少ない。


「今日も予備校？」

「おう、受験だりー」


三年生の教室が並ぶ校舎三階の廊下を歩いていると、そんな会話が聞こえてくる。

大学進学を目指す者にとっては受験の年。

俺のクラスでも放課後は塾や予備校に通っている者は多い。

——受験、か。

この街に来て、新たな人生を歩もうと思った時は——何となく大学には行こうと思っていた。

様々な活動を始めた今も、勉強は真面目に続けている。

大学に行きながらでもできることは多いから。

ただ俺が放課後に通っている場所は、塾や予備校ではなかった。

「藤波くーん！」

階段を下りようとしたところで後ろから名前を呼ばれる。

振り返る前に、ポニーテールの少女が隣に並ぶ。

「——穂高《ほだか》さん」

先ほどの女子生徒とは違い、こちらはよく知った顔。

去年は同じクラスであり、ボランティア委員として一緒に活動もしていた間柄。

今年はクラスが別々になってしまったが、俺にとって数少ない友人の一人であり——同じ夢を目指す仲間でもある。

「今日はレッスンの日よね？」

「ああ、今日は俺と穂高さん——それと忍《しのぶ》ちゃんの三人だな」

スマホで日程表を確認して答える。

「忍ちゃん、もう待ってるかもね。ちょっと急ごっか」

穂高さんはそう言い、軽い足取りで下りて行く。

俺も歩調を速め、彼女の後に続いた。


「藤波くん、新しいクラスにはもう慣れた？」

大通り沿いの歩道を並んで歩きながら、穂高さんが問いかけてくる。

「まあ、ある程度は」

「そろそろ友達もできたかな？」

まるで母親のような質問をしてくる彼女に、俺は渋い表情で答えた。

「……普通に話す相手はいるよ」

「でも特別に仲がいい人はいないんだ?」

何故《なぜ》か少し嬉しそうに穂高さんは言う。

「去年、色々と目立ち過ぎたせいで——今年のクラスじゃ最初から完全に芸能人扱いなんだよ」

俺は深々と溜息《ためいき》を吐く。

「そっかぁ、有名なのも大変ね。あーあ、私が同じクラスだったら藤波くんに寂しい思いはさせなかったのになぁ」

冗談っぽく穂高さんは言うが、俺は真面目な顔で頷く。

「ああ、穂高さんが一緒だったらどれだけよかったか」

しみじみ呟くと、彼女は顔を赤くした。

「ちょ、ちょっと藤波くん……そんなこと言われたら照れちゃうって」

「いや、でも本音だし」

穂高さんは俺の素性が公になってからも、態度を変えずに接してくれている。

俺にとって本当に大切な友人だ。

「あはは——私もよ。できれば藤波くんと同じクラスがよかった。でも養成所にはこうして一緒に通えてるじゃない」

頬を掻《か》きながら彼女は言う。

そう、俺たちが放課後に通っているのは養成所。

駅から電車に乗って一時間近くかかる場所にある声優養成所だ。

「そうだな。おかげでそんなに寂しくない」

笑みを浮かべて俺は頷く。

「……養成所の入所オーディションを受けるかどうかは本当に迷ったけど、今はこれでよかったと思ってるわ。受験勉強と並行するのは大変でも、こうして藤波くんやソラちゃんたちと〝同じ場所〟を目指せるのは——すごく楽しい」

声を弾ませて言う穂高さん。

「ああ……皆で入所できてよかったし、ホッとしたよ」

専門学校とは違い、養成所にはオーディションで合格した者しか入れない。

ソラちゃんだけなら大丈夫だと思っていたが、結局皆でオーディションを受けることになり——全員で合格できるかどうかは正直不安だった。

というか俺だけ落ちてしまうのではないかと、かなりヒヤヒヤしていたのだ。

「でもこの前の昇級試験で、クラスはバラバラになっちゃったね」

苦笑を浮かべて穂高さんは言う。

俺たちが通う養成所は、生徒の実力に応じて初級、中級、上級の三クラスに分けられており、それによって受けられるレッスンが変わってくる。

定期的に行われる昇級試験に合格して上級クラスに昇りつめ、そこからさらに養成所内オーディションを突破することで、正式にプロダクションに所属し——プロの声優になることができるのだ。

　俺と穂高さんは当然ながら初級クラスからのスタート。

　ソラちゃんたち小中学生はジュニアコースに分類されるのだが、コースでレッスンが分かれるのは中級以上。基礎を習う初級クラスでは同じレッスンを受けることになる。

　そのため養成所に通うのはほぼ同じ日だった。けれど今は――。

「美沙貴《みさき》ちゃんと東雲《しののめ》さんは一発で中級に上がったし、ソラちゃんは飛び級でいきなり上級クラスだからな」

　俺はしみじみと呟くが、同時に誇らしい気持ちが湧き上がってくる。

　教え子とも言える彼女たちが先へ進んでいくのは、とても嬉しいことだった。

「ひょっとすると、ソラちゃんはもう次の試験でプロダクション所属になるかもしれないわよ？」

「――その可能性はあるな。ソラちゃんはそれだけの実力を持っているし、エレナの映画で主役を務めた彼女には養成所も期待している。なるべく早く売り出したいと思っているはずだ」

　物事には流れというものがある。

　ソラちゃんにはもちろん実力と才能があるが、何よりも流れを掴《つか》んでいた。

　その流れはきっと彼女の背中を押す。本人が思いもしない勢いで。

「ソラちゃんの夢、叶《かな》うといいわね」

「ああ」

穂高さんの言葉に、俺は深く頷いた。


「お兄ちゃーん！　トーコお姉ちゃーん！」

駅に着くと、改札前にいた忍ちゃんがこちらに気付いて大きく手を振った。

彼女に小さく手を振り返し、俺たちは合流。

一緒に改札を通り、同じ電車に乗る。

「聞いて聞いて！　しのぶね、今日五十メートル走で一番になったの。クラス全員の中の一番っ！」

俺と穂高さんの間に座り、忍ちゃんは元気な声で言う。

「クラスで一番はすごいな」

俺は素直に感心した。

忍ちゃんぐらいの年齢だと男女の身体能力差は少ないが、それでも男子も含めたクラス全員に勝つのは簡単なことではないはずだ。

「それだけ足が速いなら、陸上部に誘われそうね」

穂高さんは驚いた様子で言う。

「うん——しのぶの小学校は五年生からクラブ活動が始まるから、来年からどうだって先生に言われたの。でもたぶん入らないかなぁ……」

そう言って忍ちゃんは小さな手をぎゅっと握りしめた。

「しのぶはレッスン行ける日が少ないのに……クラブ活動もしたらもっと時間がなくなるの。そしたらお兄ちゃんたちにも置いていかれちゃうの」

悔しそうに呟く忍ちゃん。

彼女が養成所に通っているのは週に一回。

音楽活動をしている俺や、受験勉強に取り組んでいる穂高さんも同じく週一が限界だ。

そもそも養成所のレッスンは基本的に週一で、ある程度通いやすい曜日を選べるようになっている。

ただ、授業料は高くなるが週に複数回レッスンを受けられるプランもあり、ソラちゃん、美沙貴ちゃん、東雲さんはそちらを選択している。

三人の昇級が早かったのもそれが大きな理由の一つ。

「忍ちゃんは他にも習い事があるから仕方がないわよ。まだ四年生なんだから、そんなに焦らなくてもいいんじゃない？」

穂高さんが優しく宥《なだ》めるが、忍ちゃんはぶんぶんと首を横に振る。

「四年生とか関係ないの。しのぶは——ソラお姉ちゃんたちと〝今〟しょーぶしてるの」

きっぱりと告げる忍ちゃんを見て、穂高さんはハッとした顔になった。

「あはは——そう、かもね。何年生でも何歳でも戦う土俵は同じ……私たちが目指してる世界は、そういうところだったわ」

　苦笑を浮かべる穂高さん。

　――忍ちゃんは相変わらず負けず嫌いだな。

　それはたぶん、この道を進む上で大きな力になる。ただ――。

「ああ、俺たちは皆ライバルだ。だから先に行かれて焦る気持ちは分かるよ。でもまだ……今の時点で勝ち負けが付くわけじゃない」

　俺は気合が入り過ぎている忍ちゃんの肩をポンと叩《たた》く。

「え？」

　きょとんとする忍ちゃんに俺は笑いかける。

「たぶん、忍ちゃんが目指しているのはもっとずっと遠くにあるものだろ？　結局はそこに辿《たど》りつけるかどうかってだけの話だと思う」

　遥《はる》か彼方《かなた》に見える山。

　そこに向かってがむしゃらに走っても途中で息切れするのは分かり切っている。焦って一時だけ全力疾走するより、地道に歩き続けることの方がずっと大事。

「おおー」

　ぱちぱちぱちと穂高さんが感心した様子で小さく拍手をする。

「さすがはメジャーデビュー経験者ね。何だか言葉に説得力があったわ」

「お兄ちゃんの言う通りなの――しのぶ、大事なこと忘れてたかもしれないの」

忍ちゃんも目を輝かせて俺を見つめていた。

「いや……ただの一般論だって」

居心地が悪くなって俺は頭を掻く。

俺の経歴が明らかになってから、過剰に持ち上げられることが増えた気がする。

いや、穂高さんはわざとからかっているのかもしれないが……。

こんな感じの会話を繰り返し、およそ一時間。

俺たちは目的の駅に辿りつく。

東京ほどではないが、俺たちの街とは比べものにならないほど賑《にぎ》やかな都会。

俺たちの通う声優養成所はこの駅からすぐの場所にある。

「──それにしても、何とか通える範囲に養成所があってよかったわね」

人混みの中を歩きながら穂高さんが呟く。

「最近は声優志望者が増えてるからな。地方都市にも養成所を新設して需要に応えるっていうのがここ── 〝美傘《みかさ》プロダクション〟の方針らしい」

駅前大通りにある雑居ビルの前で足を止め、俺は言う。

一階はコンビニなので気付かない人も多いだろうが、ここの二階から上と地下にあるスタジオは全て声優養成所の施設となっている。

養成所は数が少なく、こうして通える範囲にあっただけで本当に運が良《い》い。

──その上、事務所問題もクリアできたからな。

穂高さんたちには言っていないが、その辺りが一番ややこしい部分だった。

俺はかつてEternal Redのソウタとして音楽事務所に所属していた。

バンドの解散と同時にその事務所は辞めたのだが、Light Momentの結成を伝えたところ元の事務所に復帰する話が持ち上がったのだ。

今すぐにということではないものの、そんな半端な状態で俺が別のプロダクションに所属するわけにはいかない。

しかし元の音楽事務所がかなりの大手だったのが幸いした。

この声優養成所を運営する美傘プロダクションは音楽事務所の傘下だったらしく、裏から色々と調整してもらうことができたのだ。

「本部は確か東京にあるのよね」

「ああ、仮にプロダクション所属になったら――そこが活動拠点になるだろうな」

アニメなどのアフレコが行われるのは、ほぼ全て東京のスタジオだ。声優事務所や養成所が東京に集中するのは当然のことと言える。

――もしソラちゃんがそうなったら……。

脳裏に儚《はかな》げな雰囲気の少女の顔が過《よ》ぎる。

声優になるのが彼女の夢。

だがそれに近づくほど、今の生活からは遠ざかっていく。

――ソラちゃん、大丈夫だろうか。

彼女のことが心配になる。

一気に上級クラスまで上がり、レッスンの内容もかなり高度になったはずだ。

レッスンのタイミングが合わず、もう一週間ほど顔を合わせていないので、彼女の詳しい現状が分からない。

ソラちゃんはスマホを持っていないため、直接連絡を取ることもできなかった。

——今度、汀《なぎさ》さんにソラちゃんの様子を聞いてみようか。

そんなことを考えながらビルに入り、狭いエレベーターに乗って三階へ。

エレベーターが開くと目の前には警備員が待機している受付があり、その横には駅の改札に似たゲートが設置されている。

警備員に会釈をしてから、入所時に貰《もら》ったパスカードをゲートのセンサーに翳《かざ》す。

開いたゲートから中に入り、レッスンが行われる教室へと移動する。

すれ違うのは年上の人間が多い。

全日制の専門学校とは違い、働きながらでも通えるのが養成所の利点の一つ。今は仕事終わりの時間なので、スーツ姿の社会人が目立つ。

「あ、こんばんはなの！」

教室の入り口で顔を合わせたＯＬ風の女性に忍ちゃんが挨拶をする。

「忍ちゃん——あなたたちもこんばんは。今日もよろしくね」

彼女は笑顔で挨拶を返し、先に教室へと入っていった。

俺たちも後に続くと、室内には既に十数人の生徒たちが集まっている。

講師用のもの以外に机と椅子はない。

教室後ろの棚に荷物を置き、空《あ》いているスペースで立ったまま授業が始まるのを待つ。

雑談している人もいるが、一人で前回の講義資料を復習している者も多い。

高校とは違う――ピリッとした緊張感が漂っている。

「………………」

忍ちゃんが俺の腕を無言で掴む。

この中で忍ちゃんは最年少だ。先ほどのように、大人相手でも積極的に挨拶をしているが、やはり気を張っているのだろう。

それにここでは多くの人間が忍ちゃんを対等に扱う。大人たちに〝子ども扱い〟されない環境は、忍ちゃんにとって慣れないものに違いない。

教室にチャイムの音が響くと、四十代ぐらいの男性講師がやってくる。

俺はこの業界に疎いので知らなかったが、多くの実績があるベテラン声優らしい。

彼の指示で俺たちは床に腰を下ろし、体育座りで講義を聞く。

今日のレッスン内容は演技論。

講義を聞いた後は、一人ずつ立って演技を実践する。

「――ん？　雨、か」

俺の番になり、皆の視線が集まっているのを感じながら配付資料に記された台詞《せりふ》を読み上げる。

今回のテーマは、キャラクターの外見を強く意識した演技。

声優は声のみの演技であるがゆえに、内面ばかりを強く意識する生徒が多いという。

けれど外見的特徴も自身の演技に取り込まなければ、取《と》り零《こぼ》してしまう〝何か〟がある。

そういった講師の指導は、これまでの俺にはなかった視点で――とても為になった。


「ぬるい……これでは仕合いの火照《ほて》りも冷めぬ……」


俺が演じるのは、目が見えず心眼《しんがん》で戦う凄腕《すごうで》の剣士。

彼の姿を詳細に思い描き、その上で〝内〟に深く潜る――。

そしてその剣士として、ただ言葉を紡ぐ。

自分が別の人間に組み代わり、本来は存在しない感情が湧き上がる感覚――。

それはとても心が震えるものだった。

歌を歌っている時とは、また少し違う没入感。

――楽しい。

そう、俺は今この時を楽しんでいる。

台詞を全て読み終わり、床に腰を下ろす。

正直もっと続けたい。物足りない。

そんな思いを抱えながら顔を上げると、何故かまだ周りの生徒たちが俺を見つめていた。

「ん？」

どうしたのかと眉を寄せると、彼らはハッとした様子で前に向き直る。

「お兄ちゃんの演技がすごくて、みんな驚いてるの」

右隣に座っていた忍ちゃんが俺に囁《ささや》く。

「でも……しのぶも負けないから」

そう言って立ち上がる忍ちゃん。

次は彼女の番だ。

「――今になって、ソラちゃんの気持ちが分かるようになったわ」

左隣に座る穂高さんが、苦笑を浮かべて呟く。

「さすがはソラちゃんが先生に選んだ人ね。私も……頑張らなくちゃ」

俺の前に演技をした彼女は、真剣な表情を浮かべている。

――穂高さん？

彼女から何かの決意を感じて気になったが、忍ちゃんの演技が始まったので聞き返すことはできなかった。

けれどその日のレッスンが終わり、養成所のビルを出たところで、俺は疑問の答えを得る。

「私——今日はちょっと寄るところがあるから、藤波くんと忍ちゃんは二人で先に帰って」

穂高さんの言葉に俺は驚く。

「寄るって、今から？」

時計を見るともう二十時過ぎだ。

「うん、まあ終電には間に合うから大丈夫」

「トーコお姉ちゃん、どこ行くの？」

忍ちゃんが不思議そうに問いかける。

「実はね——この前ちょっと話した養成所の子から、一度〝劇団〟を見に来ないかって誘われてたのよ」

頰を搔きながら穂高さんは答えた。

「劇団？」

ピンと来なかった様子で忍ちゃんは首を傾《かし》げた。

「舞台でお芝居をやる劇団よ。そういった劇団からプロの声優になる人も多いの。私を誘ってくれた子も劇団に入っていて、養成所の方から声を掛けられたみたい」

「そうなんだ……トーコお姉ちゃんはその劇団に入るの？」

忍ちゃんの質問に、穂高さんは少し迷うような表情を浮かべる。

「まだ分かんないかな。予備校との兼ね合いもあるし……だけど、声優の方も本気で目指してみたいから――やれることはやっておきたいと思ってる」

そこで彼女は俺の方を見た。

「今のままだと藤波くんや忍ちゃんにも置いていかれちゃう気がするの。だから……頑張ってくるねっ！」

笑みを浮かべる彼女に俺は頷く。

「ああ――いってらっしゃい」

オーバーワークではないかと心配な気持ちもあったが、俺は彼女をそう言って送り出す。

「頑張ってなのーっ！」

忍ちゃんも大きく手を振って穂高さんを見送った。

そして俺と忍ちゃんは二人で帰路につく。

帰宅ラッシュが一段落した電車に乗り、空いているボックスシートを見つけて向かい合う形で座る。

「お兄ちゃんと二人きりは久しぶりなの」

弾んだ声で忍ちゃんが言う。

「そういえばそうだな」

養成所に通い始めてからは初めてな気がする。

「ねえ、お膝に座っていい？」

「え？」

俺が答える前に忍ちゃんは席を立ち、俺の膝にぴょんと腰かけた。

柔らかそうな彼女の髪からふわりと甘い香りが漂う。

「ちょ、ちょっと忍ちゃん——？」

「もしかして重い？」

顔だけこちらに向けて忍ちゃんが訊《たず》ねてくる。

「いや、重くはないけど……」

気を遣っての発言ではなく、本当に軽い。

「よかったのー」

その言葉を了承の返事と受け取ったようで、忍ちゃんは俺に背中を預けてきた。

幸い周囲の席に人はいない。

少しの間なら構わないかと、俺は諦めの息を吐く。

すると彼女はわずかに体を震わせた。

「——お兄ちゃん、ちょっとくすぐったいの」

「え……わ、悪い」

俺の吐息が彼女の首筋を撫《な》でてしまったらしい。

何となく気まずくて、俺は視線を彷徨《さまよ》わせる。

「ねえ、お兄ちゃん」

窓の外を流れる街明かりに目を向けながら、忍ちゃんが話しかけてきた。

「何だ？」

彼女の体温を感じつつ俺は聞き返す。

「トーコお姉ちゃん、頑張ってるね」

「そうだな」

「今日、お兄ちゃんの演技もすごかったの」

「……そうだったか？」

「うん――」

頷く忍ちゃんだったが、その声にはいつもの元気がない。

「お兄ちゃん……しのぶ、どうして昇級できなかったと思う？」

俺の顔は見ずに問いかけてくる忍ちゃん。

「エレナお姉ちゃんの映画で、しのぶは大事な役を任せてもらえたの。ソラお姉ちゃんや美沙貴お姉ちゃん、紫苑《しおん》お姉ちゃんと一緒にオーディションを突破したの。なのにどうしてしのぶだけ……」

ゆっくりと彼女は思いを吐き出す。

俺が考えていた以上に、忍ちゃんはソラちゃんたちに置いていかれたことを気にしていたようだ。

俺や穂高さんは声優候補としてエレナのオーディションを受けたわけではない。

エレナが想定していたキャストのイメージを上回り、メインの役どころを勝ち取ったのはソラちゃん、美沙貴ちゃん、東雲さん、忍ちゃんの四人。

その中で自分だけが初級クラスに留まっていることに、忍ちゃんは焦っているようだった。

「あくまで——俺の個人的な見解でいいか？」

そう前置きをする。

「うん……お兄ちゃんの意見を聞きたいの」

彼女は真剣な口調で頷く。

俺はじっくりと考えを纏《まと》めてから、口を開いた。

「それは——忍ちゃんが、今一番大きく成長しているからだと思う」

「……どういうことなの？」

振り返って俺の顔を見る忍ちゃん。

「今の忍ちゃんにとって一番の武器は、演技だけでは出せない天然の〝子供らしさ〟だ。エレナの映画でもそれで子供の役を勝ち取った。だけどその武器は、段々と失われていくものでもある」

成長するに従って、本物の子供にしか出せない声や喋《しゃべ》り方《かた》はなくなっていく。

かつて俺が武器にしていた歌声が出せなくなったのも、喉の炎症だけが原因ではなく、遅れてきた声変わりによるところが大きいと思っている。

子供の間しか発揮できない才能――。

どれだけ留《とど》めておきたくても、やがて消えてしまうもの。

それはきっと仕方のないことなのだ。

「しのぶ……前よりダメになってるの？」

「いや、そういうことじゃない。忍ちゃんの演技はすごく上手《うま》くなったよ。子供らしさがなくなってきたからこそ、より多くのキャラクターを見事に演じている」

俺は首を横に振ってから、自分の意見を伝える。

「演技も体も大きく成長して変わっていく時期だからこそ、養成所の人たちも今はじっくり基礎を固めて欲しいと思ってるんじゃないかな？」

これはあくまで俺の分析。

けれど忍ちゃんをずっと傍《そば》で見てきたからこそ、この予想はそれほど外れていないはずだという自信もある。

「しのぶ……ホントに成長してる？」

「ああ、すごい勢いで。そんな時に応用や実践に進んでも、足元が定まらないだろ？　無理に演技を安定させようとしたら、そこで成長が止まっちゃうかもしれない。それは――

滅茶苦茶《めちゃくちゃ》大真面目に俺は首を縦に振った。

「もったいないよ」

「そう——成長した先に、きっと忍ちゃんが欲しいものがあるはずだから」

俺は彼女に笑みを向ける。

「忍ちゃんは前に〝ビッグになりたい〟って言ってたよね」

それはいつか聞いた言葉。

どんな形かは分からない。

けれどこの子は、いつか必ずその夢を叶えるだろう。

「………うんっ」

忍ちゃんは頷き、俺に全身で寄りかかってくる。

「しのぶは、エレナお姉ちゃんみたいなすごい人になりたいの。ただね、すごい人は他にもいたの」

そこで彼女はこちらに体重を預けながら俺を見上げた。

「お兄ちゃんは有名人で、バンドが大人気なのに声の演技も頑張ってるの。しのぶ、そんなお兄ちゃんにもっと近づきたいの」

「——————」

俺なんてまだ大したことはない。

そう言いそうになったが、直前で呑《の》み込《こ》む。

忍ちゃんが目標の一つに定めた場所を、俺が卑下してはいけないと思ったから。

「今も十分近くにいるけどな」

代わりに少し惚《とぼ》けた振りをして答える。

「もう、そういう意味じゃないの！　でも——くっついてるのも、しのぶは好きなの」

忍ちゃんは頰を膨らませたが、それでも甘えるように俺の胸を頭でぐりぐりする。

「次の駅に着くまでだよ」

俺は苦笑を浮かべて言う。

「えー……やなのー」

「いや、でも——」

「どうしても下りて欲しいのなら、しのぶと勝負なの」

「勝負？」

「うん、お兄ちゃんがしのぶをくすぐって——笑わせられたらお膝から下りてあげるの」

不敵な笑みを浮かべて言う忍ちゃん。

「く、くすぐる……？」

膝の上に乗る小さな女の子に対して、そんなことをしていいのかと俺は焦る。

「しのぶね、くすぐり攻撃には強いの。でもね……一ヵ所だけ、どうしても弱いところがあるの。お兄ちゃんに見つけられるかなー？」

楽しそうに足を揺らし、忍ちゃんは挑発的に言う。

——そう言われても下手なところは触れないし……。

定番は脇の下だが、そこはきわどいというか——ほぼアウトな気がする。

かと言って他の乗客が乗ってきた時に、この体勢のままというわけにはいかない。

そこで先ほどの出来事が脳裏を過ぎった。

忍ちゃんの首筋を軽く指でつつく。


「ひゃんっ⁉」


すると彼女は大きな声を上げ、俺の膝から飛び下りた。

「お、お兄ちゃん……どうしてしのぶの弱点が分かったの？」

「さっき——俺の息が首筋に当たった時、くすぐったそうにしてたからさ」

俺の答えを聞き、忍ちゃんは悔しそうな表情を浮かべる。

「フカクなの……ヒントをあげちゃってたの……」

そう言いながら彼女は俺の膝に座り直す。

「でも——しのぶは叫んじゃったけど笑ったわけじゃないし、次の駅まではお膝の上だから」

「ああ」

俺が頷くと、忍ちゃんは嬉しそうに寄りかかってきた。

「お兄ちゃん、ありがとうなの！　あ……だけど、誰も乗ってこなかったら……またその次の駅までいいよね？」

忍ちゃんは礼を言いつつも、悪戯《いたずら》っぽくそう返したのだった。

2

金曜日は初級クラスのレッスンがない。

予備校のある穂高さんとは違い、俺の予定はフリー。

――三年になってからは、児童館のボランティアもなくなったしな。

受験のことを考慮してか、ボランティア委員があるのは高校二年生まで。

よって平日の放課後は時間が空くことが多い。

俺が足を向けたのは、駅の近くにあるカラオケ店。

金曜だからと遊びに来たわけではない。

これは養成所通いと並行しているもう一つの活動のために必要なこと。

――今のマンションじゃ、大声は出せないからな。

カラオケ店は金曜だけあって盛況で、受付前には学生グループが複数並んでいる。

俺は彼らの後ろに並びつつ溜息を吐く。

こちらに引っ越してきた時は、音楽活動を再開することなど全く考えていなかった。

そのため部屋の防音性は低く、思いっきり歌えば隣室から苦情が来かねない。

作曲は電子ピアノで行っているため何とかなっているが、歌は別。

児童館の大広間も使えなくなった今、自由に歌える場所は意外と少ない。

スマホに保存した音源で自身の新曲を歌ってみたり、発声練習の一環で流行《はや》りの曲に挑戦してみたりと、俺は度々カラオケ店を利用するようになっていた。

――養成所でもボイトレはあるけど、それじゃ全然足りないしな。

そんなことを考えていた時、後ろから声が聞こえた。


「あっ！　カナ兄《にい》だ！」


振り向くと、そこには二人の少女が立っている。

異なる学校の制服を着た女子中学生たちのことを、俺はよく知っていた。

「美沙貴ちゃんと東雲さん――二人とも学校帰りか？」

俺が問いかけると彼女たちは頷く。

「うんっ！　今日はレッスンないし、紫苑と遊ぶ約束してたんだ！」

美沙貴ちゃんはそう言いながら東雲さんと腕を組む。

「――別々の中学に進んだというのに、結局毎日のように美沙貴の顔を見ていますわ」

溜息を吐く東雲さんだったが、その表情は柔らかい。

彼女たちは養成所でも同じ中級クラス。

こうして放課後はいつも一緒に行動しているのだろう。

「ねえねえカナ兄は一人？　ヒトカラ？」

きょろきょろと周りを見回し、俺に連れがいないか確認する美沙貴ちゃん。

「ああ」

「じゃあさ、あたしたちと一緒に歌おうよ！」

俺を誘う美沙貴ちゃんだったが、横から東雲さんが彼女の腕を引く。

「ちょっと美沙貴――たぶん藤波先輩は遊びに来たわけでは……」

察しの良い東雲さんは美沙貴ちゃんを止め、俺の反応を窺《うかが》う。

「えぇー、そうなの？」

残念そうな表情を浮かべる美沙貴ちゃん。

どうしようかと少し考えて、俺は笑みを返す。

――歌は、届ける人があってこそのものだよな。

「まあ半々って感じだよ。少しだけ新曲の練習をした後は普通にカラオケを楽しむつもりだったし――二人に感想を聞いてみたいから、ご一緒させて貰ってもいいかな？」

俺の返事を聞いた美沙貴ちゃんは顔を輝かせた。

「もちろん！　やったっ！　カナ兄の新曲聞けるんだ！」

「もうっ、声が大きいですわよ。藤波先輩は有名人なのですから、ご迷惑になってしまいます」

喜ぶ美沙貴ちゃんの口を東雲さんが塞ぐ。

「いや……そこまで気にしなくてもいいって」

俺は苦笑交じりに言う。

確かに俺は音楽活動を再開し、メディアに顔と名前を晒《さら》している。

けれど大半の人間が認知しているのは、メジャー時代の俺——小学生と間違われるほど小柄だった頃の〝ソウタ〟だ。

普通に街を歩いていても、一部の熱心なファン以外には気付かれることなどない。

「いいえ。藤波先輩が気にしなくても、わたくしが気にします。今の世の中は、ちょっとしたことでスキャンダルになってしまうんですから」

こちらに注目している人間がいないか、東雲さんは鋭い視線を巡らせる。

そんな彼女の様子に美沙貴ちゃんが困ったような顔で笑う。

「あはは……紫苑さ、カナ兄の正体を知ってから昔の曲とかも色々聞いて——今じゃカナ兄の大ファンなんだよねー」

「み、美沙貴！　それは秘密にしておいてと——ふ、藤波先輩、違いますから！　わ、わたくしは後輩として、尊敬する先輩の活動を応援しているというか……」

顔を真っ赤にして弁解する東雲さん。

「えっと……そうなのか。嬉しいよ、ありがとう」

俺も気恥ずかしい思いを抱きながら、一先《ひとま》ず礼を言う。

「は、はい……」

もじもじしながらコクンと彼女は頷く。

「あ、ほらほら！　あたしたちの番だよ！」

受付の順番が回ってきたのを見て、美沙貴ちゃんが俺と東雲さんの背中を押す。

俺が代表者として受付をし、指定された部屋へ移動。

ただいきなり歌い始めることはせず、しばらくはドリンクを飲みながらの雑談タイムとなった。

「二人は養成所の方、どんな感じだ？　中級クラスのレッスンはやっぱりレベルが高そうだけど――」

俺が話を振ると、隣に座った美沙貴ちゃんが頷いて言う。

「うん、すっごく大変だよー。先生の言ってることが難しくて分かんない時とかあるし」

東雲さんも苦笑を浮かべて同意する。

「中級に上がれたのは嬉しいですけれど、もう少し基礎を習いたかった気持ちもありますわ」

入所していきなりの昇級は二人にとっても予想外であり、負担も大きいようだ。

「そっか――美沙貴ちゃんと東雲さんでもそんなに苦労してるんだな。だったら……」

脳裏を過ぎるのは、最近顔を合わせていない少女の顔。

二人は俺が何を言おうとしたのか察したらしく、少し顔を曇らせる。

「まあ……うん、ソラちゃんはあたしたち以上に大変そうだったよ。だって中級を飛ばして一気に上級クラスだもんね」

美沙貴ちゃんの言葉に俺はハッとする。

「ソラちゃんと会ったのか？」

その質問には東雲さんが答えてくれた。

「はい、一昨日《おととい》──レッスンの日が同じだったので。彼女、藤波先輩に最近会えていないのを寂しがっていましたわ」

「……そうなのか」

視線を外して頰を掻く。何となく……ソラちゃんと同じ気持ちだったことが妙に気恥ずかしい。

──レッスン自体が同じ日にあることは多いんだが……。

ただ同日のレッスンでも、上級クラスと初級クラスでは開始時間や終了時間が異なることが多い。そのため別々に通うことになり、ソラちゃんとはすれ違いが続いていた。

「ソラちゃん、無理をしていないといいんだけど」

俺がそう呟くと、美沙貴ちゃんは言う。

「無理っていうか、とにかく一生懸命に頑張ってるって感じだったなー。レッスン自体は楽しいみたい」

「一生懸命か……ソラちゃんらしいな」

俺にレッスンをして欲しいと頼み込んできた時の彼女を思い出す。

あの頃からソラちゃんはただひたすらに真っ直《ます》ぐで全力だった。

「というか、そこまで心配なのでしたら直接会いに行けばいいのではありませんか？」

東雲さんの一言に俺はたじろぐ。

「いや——それはそうなんだけど、ボランティアやレッスンがあるわけでもないのに、男子高校生が女子小学生に会いに行くっていうのは……何と言うか、なるべく控えた方がいい気がして……」

ソラちゃんのためにも一線を引いておかなければならない。

そう俺は考えていたのだが——。

「カナ兄！　そんな小さいこと気にしてちゃダメだよ！」

美沙貴ちゃんが身を乗り出して言う。

「何だかカナ兄らしくないって！　カナ兄はさ、音楽も声優も、自分がやりたいことを全力でやってるじゃん。あたし、そういうカナ兄がカッコイイって思ってるんだから」

すると東雲さんも頷く。

「わたくしも……藤波先輩の歌う〝ロック〟な曲に心を動かされましたわ。ですので美沙貴の言う通り——ご自身の心に従って動く藤波先輩の方が、わたくしは魅力的だと感じます」

「…………二人ともありがとう」

他に言葉が浮かばず、俺は頭を掻いて礼を言う。

「確かに、俺らしいかどうかで言うなら——らしくはないのかもしれない」

いったい俺は何を怖がっているのだろうか。

世間の目？　スキャンダル？　いや、そんなものじゃなく……。

「うん！　っていうかそういう難しいことを気にされたらさ、あたしたちとも遊んでくれなくなっちゃうじゃん。それは困るもん！」

美沙貴ちゃんはそう言うと体を俺に寄せてきた。

肩が触れ、俺は少し焦る。

「美沙貴ちゃん……ちょっと近くないか？」

「そう？　でもいいじゃん。だってあたしたち——一度は付き合ったカンケイでしょ？」

悪戯っぽく笑う美沙貴ちゃん。

「付き合ったって……それはあの時だけの——」

去年の夏合宿。

俺は東雲さんの頼みで、ほんの短い間だけ二人の彼氏役を引き受けたのだ。

だが俺が反論する前に今度は反対側の腕にも、そっと細い指が触れる。

「そういうことでしたら、わたくしも藤波先輩の〝元カノ〟ですわね？」

「し、東雲さん……？」

こちらを見つめる眼差《まなざ》しにドキリとする。

中学生になって急に大人っぽくなったとは感じていたが、これは少しばかり刺激が強い。

「ねえ、そろそろ歌おうよ。最初は三人でデュエット！」

美沙貴ちゃんは俺に寄りかかりながら曲を入力する。

「三人はトリオだと思いますけど……まあいいですわ。女性パートをわたくしと美沙貴で分け合う感じで」

東雲さんはそう言いながら俺たちにマイクを手渡す。

「おっけーっ！　カナ兄はこの曲知ってるよね？」

「——ああ、最近流行ってるよな」

イントロを聞きながら頷く。

男女がノロケとも思えるぐらいの掛け合いをしながら歌う曲で、特に十代女子に人気らしい。

ただ俺からすると甘ったる過ぎて恥ずかしくなるレベルなのだが、ここは二人に付き合うことにする。

「好きっー！　好きスキ愛してるぅー！」

出だしからトップギアの美沙貴ちゃん。

しかも俺の顔を見ながら歌うものだから、歌詞だと分かっていても体が少し熱くなる。

「センパイセンパイ、大好きです！」

続けて東雲さんもノリノリで続ける。

パート分けの相談などしていないはずなのに息ピッタリの連係だ。

――そうか、男の側の設定は先輩だったか。

東雲さんも俺の目を見つめてくるので、平静さを保てなくなりそうだ。

「お、俺もスキだぜ……」

こうなったら歌に集中するしかないとマイクを握るが、喉が異常に渇いていて掠《かす》れた声しか出なかった。

俺はドリンクを飲んで喉を潤し、何とか二人に合わせて歌う。

そして何とか一曲歌い切るが――色々な疲労で額に汗が滲《にじ》んでいた。

このままでは体力も精神力も持たない。

「ふふっ……何だかホントにドキドキしちゃった……」

美沙貴ちゃんは上気した顔で俺に寄りかかってくる。

腕に彼女の胸が当たり、その大きさと柔らかさに体が強張《こわば》った。

小学生だった頃から発育が良かった彼女だが、中学生になってさらに成長したらしい。

「……はい、わたくしも……」

東雲さんも頬を赤くしながら頷く。

その大人びた表情にごくりと唾を呑み込む。

所作に上品さがある彼女だからこそ、ちょっとした仕草に色気のようなものが滲み出ていて、平常心が揺さぶられてしまう。

「——ふ、二人とも次は俺の新曲を聞いてくれないか？」

この雰囲気を変えるために俺はそう提案した。

「わ！　もちろん！　待ってました！」

「楽しみですわ！」

美沙貴ちゃんと東雲さんは歓声を上げ、先ほどまでの少し妖しい空気感は霧散する。

俺は内心ホッとしながらデモ音源を流す準備を整えた。

まだ体が少し熱い。

普段なら絶対に歌わないような曲だったが、自分の中にある何かを吹き飛ばしたような感覚もあり——心のギアが上がっている気がする。

——俺らしく、か。

歌い出す前、そう自分の中で呟くと心が定まる。

変にブレーキを掛けるのは俺らしくなかったかもしれない。

ソラちゃんに会いに行こう。

俺自身の歌声が――背中を強く押してくれた。

3

土曜日、俺は雛野《ひなの》駅からしばらく歩いた場所にある団地の前に立っていた。

いくつも立ち並ぶ棟の一つ――その四階にソラちゃんは母親の汀さんと住んでいる。

ソラちゃんはスマホや携帯を持っていないため、汀さんを介して連絡を取り合うことも多かった。

今日の来訪も汀さんにアポは取っていたのだが――。

「あっ……ごめんっ！　ついさっき、急に養成所から連絡が来てね。ソラ、出かけなくちゃならなくなってさ……」

玄関で俺を出迎えてくれた汀さんは、申し訳なさそうに謝った。

「急いで奏太くんに伝えなきゃって思ってたんだけど……間に合わなかったね」

苦笑交じりに頭を掻く汀さん。

朝からバタバタしていたようで頭には少し寝癖が残っている。

「そうだったんですね――それなら仕方ないです。また出直すことにします」

ついさっきということは、どこかですれ違っていたのだろう。

せめて一言、声ぐらいは交わしたかった。

思った以上に自分が気落ちしていることを感じながら、俺は挨拶して踵《きびす》を返そうとする。

だがそこで汀さんが俺の腕をがしりと掴んだ。

「待って待って！　せっかく来たんだからお茶ぐらい飲んでいきなよ。何もせず帰したなんて言ったらソラに叱られる。あの子――今日は久しぶりに奏太くんに会えるって、すごく楽しみにしてたんだから」

――ソラちゃんが……。

何故だろう。それを聞いただけで心が少し軽くなる。

「分かりました。じゃあ少しだけ――お言葉に甘えて……」

俺は頭を下げつつ、彼女たちの家へと上がった。

いつもの居間に通され、用意してくれた座布団に腰を下ろす。

汀さんは一旦台所に引っ込んだ後、菓子と飲み物を盆に載せて戻ってきた。

「そのケーキ、駅前の美味《おい》しいところで買ってきたんだよ」

俺の前にショートケーキを置く汀さん。

「あ――よく行列が出来てる店の……ありがとうございます。いただきます」

俺は礼を言ってフォークを手に取る。

「どうぞ遠慮なくー」

ニコニコ笑いながら汀さんは俺を見つめた。

「……それにしても二人きりで話すのは久しぶりだね。あのさ――今だけは〝ソウタくん〞って呼んでもいいかい？」

その言葉で危うく口に運ぼうとしていたケーキを落としそうになる。

「えっ⁉　い、いや、それは――」

汀さんは初めて会った時点で俺の正体を見破ったほどの、熱心なEternal Redファンだ。そのためスマホでメッセージのやり取りをする際は、俺を〝ソウタくん〞と呼ぶことが多かった。

「あはは、冗談冗談！　奏太くんは新しいバンドを始めたんだもんな。ファンだからこそ、ちゃんと弁《わきま》えないとね」

俺の反応を見て汀さんは笑う。

そう言えば最近はメッセージ上でも〝奏太くん〞呼びになっていた気がする。それは彼女なりの配慮だったのだろう。

「もしかして……Light Momentの活動も追ってくれているんですか？」

今のバンドの名を出すと汀さんは頷く。

「もちろんさ。新曲が上がるたびに、何度も繰り返し聞いてるよ」

それを聞き、俺は気になって問いかける。

「正直――どうですか？　前と比べて……って言い方はアレですけど、Eternal Redとは路線が少し違いますし……」

動画サイトに曲をアップするとコメントでたくさんの感想が寄せられる。

そのほとんどが肯定的なものだが、中にはグサリと胸に突き刺さるような意見もあり、それこそが皆が胸に抱いている本音なのではないかと感じることもある。

「そうだね、前はアップテンポで攻撃的な歌詞が多くて──若いっていいなぁと思ってたけど……今は落ち着いた感じの曲も作ってるでしょ？　あれ、今の奏太くんっぽい感じで──わりと好き」

汀さんはにこりと笑って言う。

「ど、どうも……」

大人の女性の笑顔にどぎまぎしていると、彼女は俺の顔をじっと見つめてくる。

「でもそんなことを聞いてくるってことは、奏太くん自身はまだ満足できる曲が作れていないのかな？」

その問いは彼女の笑顔よりも俺の心臓をドキリとさせる。

「いえ……曲は毎回納得できるものになるまでバンド全員で試行錯誤して──出来に不満とかはないんです。ただ、反響とか──動画の再生数とか、色々と思うところはあるって感じで」

苦笑を浮かべつつ、俺は答えた。

エレナの映画のために作った挿入歌。

注目を集めたこともあり、あの曲の動画はかなりの再生数を叩き出している。

けれどそれ以降、新曲は出す度に段々と再生数の伸びが落ちていた。

「ふぅん、音楽を作るっていうのも大変なんだね。何かアドバイスとかできればいいんだけど、さすがに門外漢過ぎて私には無理そう」

申し訳なさそうに汀さんは呟くが、何かを思いついたのかポンと手を叩く。

「あ、でも一ファンとしてのリクエストならしてもいいかい？」

「はい――もちろん」

俺が頷くと彼女は身を乗り出して言う。

「私さ、Eternal Red 時代の学校や親への反抗！――みたいな曲も好きなんだけど……奏太くんも年頃じゃない？　だからさ恋の歌――ラブソングとかも聞いてみたいわけよ」

「ら、ラブソングですか……」

確かにそれは今まで一度も作ったことのないジャンルの曲だ。

「奏太くんも恋はしてるよね？」

そう問いかけられて俺は慌てて首を横に振った。

「いいえ、今は特に――」

「えー、ウソー。奏太くんモテてるはずでしょ？」

女子高生のように目を輝かせて問いかけてくる汀さん。

「まあ……その、手紙とかを貰うことはよくあるんですけど、特にお付き合いしたことはなく……」

俺がそう答えると、汀さんは目を丸くした。

「そんな！　勿体《もったい》ないって！　奏太くん、青春できる時間は限られてるんだよ？　もっと積極的に人生経験を積み上げていかないと！」

そう熱く語る汀さんだったが、ハッと我に返った様子で体を引く。

「──あはははは。ちょっとお節介過ぎたかな。まあ奏太くんなりの考えがあるんだろうけど、もし何かのために恋愛を我慢してるなら……ちょっと悟り過ぎだと思うなぁ」

「かも……しれないですね」

何と答えればいいか分からず、俺は曖昧に笑う。

「ふふ──まあ考えてみてよ。そうだ！　もしも今相手がいないなら、うちのソラとかはどうだい？」

ちょうど紅茶を一口飲んだところだった俺は、汀さんの言葉に咳《せ》き込《こ》む。

「げほっ、ごほっ！　急に何を──」

「だってさ、高校生と小学生って言っても──六歳差ぐらいじゃないか。そんなの大人になれば大したことない年齢差だし」

指を立てて真顔で語る汀さんに俺は反論する。

「いや、それはあくまで大人になればの話で……」

「そうだねー、あはは！　冗談冗談！」

手を振って汀さんは笑う。

当然ではあるが、本気の発言ではなかったらしい。

俺はホッとするが、そこで汀さんは再び身を乗り出す。

「奏太くんは高三だから——もうすぐ十八？」

「はい、誕生日は十二月なんでまだ先ですが」

そう答えると汀さんは妖しげな表情で囁く。

「じゃあ誕生日が来たら私とは大人同士。もし年上好きなら……私は今のところフリーだからね？」

「え？」

思わずごくりと唾を呑み込む。

「………」

無言でじっと見つめてくる汀さん。

「冗談、ですか？」

「さて、どうかなー」

面白そうに笑いながら汀さんは答えをはぐらかす。

何だか変なムードになりそうだったので、俺はショートケーキを口に運びつつ話題を変えた。

「このケーキ、本当に美味しいですね」

「そりゃよかった。ソラも一緒に食べられたら最高だったんだけど」

普段の雰囲気に戻って返事をする汀さん。

　ちょうどソラちゃんの名前が出たので、俺は気になっていたことを問いかけてみた。

「ソラちゃん――養成所からの連絡って何だったんですか？　あ、話していいことなら……」

　そう言って汀さんの反応を窺う。

「うーん、私もよく分からない部分があるんだけど――ソラをどこかのオーディションに出したいんだってさ。その関係で色々とやることがあるらしくて……」

　頭を掻きながら汀さんは答えた。

「オーディション？　でもソラちゃんはプロダクションに所属しているわけじゃ……」

　俺は疑問を覚えて聞き返す。

「あー……なんかそれ、もう内定してるみたいなんだよ。今月末の養成所の試験は形式的なものになるって……この前、ソラと二人で色々と説明を受けてね」

　汀さんの返答に俺は驚く。

「内定――それにオーディション……もうそんなところまで話が進んでるなんて……」

「私もびっくりさ。それに知らない世界過ぎて分からないことも多いし、奏太くんにも相談してみようかって提案したんだけど……〝カナタさんは忙しいんだから、これぐらいのことで時間を取らせちゃダメ〟って強く言われてね」

　困った顔で肩を竦《すく》めてみせる汀さん。

　――俺に気を遣ってたのか。ソラちゃんらしいけど……。

俺の想像以上に、ソラちゃんを取り巻く状況は大きく変化していた。

そんな中で彼女は自分の意志で歩を進められているのかと、さらに心配になる。

「ソラちゃん、かなり忙しそうですけど——元気ですか？」

本当は本人に聞きたいことではあったが、汀さんに質問を投げかけた。

「元気は元気だよ。今日に限っては奏太くんに会えずにしょんぼりしてたけどね。養成所がある日は、いつも楽しそうだから」

「それなら……よかったです」

気恥ずかしさとホッとした思いを抱きながら頭を掻く。

「最近、心配だったんです。ソラちゃん——環境が色々と変わり過ぎて、本当にやりたいことをできてるかな……とか」

俺が胸に抱えていた想《おも》いを口にすると、汀さんは笑う。

「それなら心配いらないと思うよ。ソラと一緒に説明を受けた時——プロダクションの人が新しい〝アイドル声優ユニット〟を企画中とかで、そのメンバーオーディションに参加しないかってソラに勧めてさ——」

「じゃあ今日のオーディションって……」

驚いて俺が口を挟むと、汀さんは首を横に振った。

「違う違う。今日のは別口。アイドル声優の件はソラがきっぱり断ったって話だよ。それは自分がやりたいことと少し違います——ってさ。感心したね。やっぱりあの子、私よりもずっとしっかりしてるよ」

娘の成長を感じてか、遠い目をして汀さんは語る。

――ソラちゃんが、自分で……。

大人にはっきりと意志を伝えることができたのかと、俺は驚き――同時に少し恥ずかしくなった。

――俺はソラちゃんを子ども扱いし過ぎていたのかもな……。

家にまで押しかけて……完全に空回りだ。

ソラちゃんにはちゃんと〝なりたい自分〟がある。

今の時代、アイドル声優という路線は、売れるための近道どころか王道になりつつある。

忍ちゃんが目指しているのも、恐らくこの方向性だろう。

しかしソラちゃんはあえて違う道を選んだ。たぶんその道が険しいことも理解した上で――。

「本当に……しっかりしてますね」

俺は苦笑を浮かべて、汀さんにそう答えた。

4

――人のことを心配している場合じゃなかったのかもしれない。

帰り道、夕暮れの街を歩きながら溜息を吐く。
ソラちゃんは俺が何かせずとも一人でしっかりやるべきことをやっていた。
対する俺は……汀さんに相談したように、音楽方面で少し行き詰まっている。
「ラブソング……か」
汀さんからのリクエスト。
これまで俺は恋愛をテーマにした曲を作ったことはない。
確かに客観的に見て、俺はもう恋愛の一つや二つ経験していてもいい年頃だ。
もちろんそういうことに興味もある。
女性からアプローチを受けたことも少なくない。
けれど俺の中には、誰かと交際するという選択肢自体がなかった気がする。
『今は恋愛にかまけている場合じゃない』
『音楽に全てを懸けるんだ』
『他に気持ちを向けていちゃ、いい曲なんて書けない』
〝ソウタ〟時代の俺は、そんなことを考えていた。
その思想は今の俺の中にも深く根付いている。
だが当然――最初からそこまでストイックだったわけじゃない。
自分からアプローチを掛けたこともある。

『俺たち結構お似合いじゃないか？』

かつて自分が口にした告白紛《まが》いの台詞を思い出し、俺は額を押さえた。

──ああ、結局……きっかけはあいつか。

南《みなみ》エレナ。俺の、初恋の相手。

俺は彼女にアプローチをしたが、〝ショタはタイプじゃねーし〟ときっぱり振られた。

それについては嘘《うそ》というか、あいつなりの突き放し方で──今はアニメに集中したいからというのが本当の理由だったらしいが……俺はたぶんその〝本質〟も感じ取っていたのだろう。

だから、エレナの真似《まね》をした。

あいつみたいな〝凄《すご》い奴《やつ》〟で在り続けたくて、今は恋愛なんかしている場合じゃないんだと自分を戒めた。

──でも〝ソウタ〟時代と同じことをしていてもダメだよな。

それでは以前の自分は絶対に超えられない。

〝ソウタ〟に勝るものは、積み重ねてきた〝俺自身〟だけ。

そういう意味では、ことさらに恋愛を遠ざける必要はないのかもしれなかった。

トントン。

後ろから軽く肩を叩かれて、物思いから醒《さ》める。

「――ん？」

振り返ると――夕陽《ゆうひ》に照らされた少女の笑顔があった。

薄手のブラウスに制服よりも少し短めのスカート。紅を引いた唇で彼女は言う。

「藤波くん、こんなところで何してるの？」

普段より色鮮やかな装いで現れたのは――穂高さんだった。

私服姿の彼女はかなり大人びており、ちょっとだけ反応が遅れる。

「…………いや、少し用事があって――もう帰るところだけど。穂高さんは？」

「私？　私はさっきまで友達と遊んでてさ。ついさっき別れたところよ。これから行く場所があって――」

そう答えたところで穂高さんは俺の顔をじっと見つめた。

「この後、特に予定がないのなら……一緒に来る？」

「え？　どこに？」

突然の誘いに戸惑いながら訊ねる。

「ほら、前に話した劇団。あの時、お試しで練習に参加させてもらったんだけど、かなり勉強になってさ。今日はレッスンも予備校もないし、また行ってみようかなって」

穂高さんは真面目な口調で答えた。

「そうなのか——でも、俺はまだ挨拶もしてないし、いきなり行っても……」

「大丈夫、練習だけならわりと気軽に参加できるとこだから。舞台に立つってなったら別みたいだけど、私も今は予備校とレッスンで手一杯だし」

そう言って彼女は俺の手を取る。

「ね？　だから行こ？」

「…………あ、ああ」

断る理由が思い付かず、気付くと俺は首を縦に振っていた。

「よかった！　今日は私を劇団に誘ってくれた子が来てるか分からないから、少し心細かったのよ」

嬉しそうに俺の腕を引く穂高さん。

繋《つな》いだ手の温かさに鼓動が速まるのを感じつつ、俺は導かれるままに歩き出した。

「——？」

そこでふと視線を感じて俺は辺りを見回す。

けれど目が合う相手はいない。

気のせいだったのかと俺は首を傾げ、穂高さんと共に駅の改札へと向かった。

5

「……隠れちゃいました」

白瀬空《しらせそら》は駅の柱に身を隠しながら、改札の向こうを窺う。

そこには手を繋いで歩いていく男女の姿。

「塔子《とうこ》お姉ちゃんと……カナタさん」

ぽつりと彼らの名前を呟く。

――話しかければよかったのに。

今日は久しぶりにカナタさんと会えるはずの日だった。

なのに突然予定が入って……すごく残念だったけど、帰って来た時に偶然会えるなんて奇跡みたいなものだったのに。

彼らの姿を見つけた瞬間、心が躍った。

だけどその直後、手を繋いだ二人を見て――体が動かなくなってしまった。

体だけじゃない。

心もぎゅっと固くなって、苦しくて、ちょっと痛い。

――カナタさんは塔子お姉ちゃんとお付き合いしてるのかな……。

分からない。

だけど、そうだとしても全然不思議じゃない。

——塔子お姉ちゃんと忍ちゃんは、いつもカナタさんと一緒に養成所へ通ってるんだよね。

美沙貴さんと紫苑さんも、この前カナタさんとカラオケをしたと言っていた。

自分だけが取り残されている気がする。

すれ違う日々が続いたせいで、彼が今何を考えているのか——想像ができない。

——それに、これからはもっと会えなくなるかもしれない。

今日、養成所で聞かされた話を思い出す。

これからわたしはかなり大きな企画のオーディションを受けることになる。

そこに向けて特別にオーディション対策用のレッスンもしてくれるらしい。

それはとても嬉しいし、ありがたいこと。

夢に向けて一歩ずつどころか、駆け足で近づいているような感覚。

駅の柱に背中を預け、構内の天井を仰ぐ。

遠くに行っても、どこにいても、この〝声〟が届くような——そんな声優になりたい。

彼と並んで歩いていた時に思い描いた夢。

その想いは揺らいでいない。

だけど今の自分はそんなに凄い人じゃなくて、改札の向こうにいた彼にすら声を届けることができない。

それがもどかしい。

――でも、今ならまだ……。
スケジュールが合わなくても、同じ養成所に通っている。
住んでいる場所も近いし、その気になればいつでも会える。
遠ざかってはいても、声も、手も、届く距離にいるのだ。
こんな風にモヤモヤしているぐらいなら、ちゃんと行動しよう。
――カナタさんは、会いに来てくれたから。
今度は自分の番。
彼と何を話したいのか、何を伝えたいのか……まだそれは胸の中で形にならない。

――だけど、会いたい。

その想いだけは、確かなものだった。

6

『ラブソングぅ？』
バンドメンバーであるドラムのテルが素っ頓狂な声を上げた。
パソコンのモニターに映っている他のメンバーも呆気《あっけ》に取《と》られた顔をしている。

今日はバンドメンバーでのオンライン会議。

俺が遠方に住んでいるため、活動を再開してからはこの形式で打ち合わせをすることが多い。

『…………どういう心境の変化だ？』

普段はあまり感情を表に出さないベースのマッキーも、驚いた顔で俺に問いかける。

『ま、ま、まさかあんた！　彼女が出来たんじゃないでしょうねっ！』

ギターのユキはそう叫んで画面の向こうから俺を睨《にら》む。

「い、いや、そういうわけじゃないって。ただ、今後の方向性としてアリかナシかを皆に聞いておきたかったというか――」

曲はこの四人で作り上げていくもの。

バンドの〝色〟に合わないと感じる者がいるかどうかを確認しておきたかった。

『ホントか～？　まあ根掘り葉掘り聞くのは後にしてやるとして――ラブソング自体は別にアリなんじゃね？』

俺に疑わし気な眼差しを向けつつもテルは肯定的な反応を示す。

『俺は……ソウタの中に〝想い〟がないのなら、反対だ。薄っぺらい、表面だけをなぞったようなラブソングを作っても意味がないさ』

マッキーは静かな口調で首を横に振った。

「確かに――俺の中にはまだ曲にしたいほどの想いがあるとは言えない。ただ、これまでは恋愛的なことを避けてきた部分があったから——今後はそこからも目を逸《そ》らさないようにしたいと思ってるんだ」

俺がそう答えると、マッキーは深く頷く。

『…………ソウタが作りたいと思った時に作るなら、問題ない。楽しみにしている』

『ちょっとちょっと！　問題大アリよ！』

そこで声を上げたのはユキだった。

『それ、これからは恋愛します宣言でしょ？　っていうか——あんた女遊びするつもりね!!　Light Moment の初ライブが決まったっていうのに何考えてるわけ？』

鋭い口調で彼女は俺に問いかける。

そう——時期はまだ先だが、ついに今のバンドでライブをすることになったのだ。

「お、女遊びって——そんなことするわけないだろ！　今のは単に、心構えの問題というか……」

『心構えねぇ……』

信用ならないという目でユキは俺を睨む。

「恋とか愛とか、そういう感情についても今後は目を向けて——曲作りに生かしたいだけだ。皆に迷惑を掛けるようなことはしない。バンド活動を二の次にすることは絶対ないと約束する」

そう訴えるが、彼女の眼光は鈍らない。

『あのねぇ……ちょっと前までガキんちょみたいだったあんたには分かんないだろうけど、ホントに恋をしちゃったら、自分でコントロールなんてできないものなのよ。今どれだけ偉そうなことを言ってても信じられないわ』

画面の向こうで腕を組んで語るユキ。

『おいユキ、お前も恋愛経験なんて――』

そこでテルが口を挟もうとするが、ユキが強い口調で遮る。

『何か言った？』

『……何でもありませーん』

身を縮めて画面外に逃げるテル。

『なら、ユキはソウタが恋愛することそのものに反対なのか？』

だがマッキーの一言でユキの気勢が削がれる。

『え――べ、別にそういうわけじゃないけど……ただ、変な女に引っかかったりしたら心配だし……』

『それなら大丈夫だろう』

そこでマッキーが妙にきっぱりと言い切ったことに俺たちは驚く。

『どうしてよ？』

『ソウタが……簡単に靡《なび》くと思うか？』

『――』

その問いにユキは長く黙り込んだ後、大きく嘆息する。

『…………それもそうね。こいつをオトせる女がいるのなら、見てみたいもんだわ』

何故か一人で納得するユキ。

一先ずラブソングを作ることについて全員からの了承は得られたらしい。

安堵《あんど》の息を吐いた俺だったが、そこで再びユキが俺を睨んだ。

『じゃあ恋愛のことは一先ず置いておくけど――二の次云々《うんぬん》って話ならもう一つ……声優の方はどういうつもりなのよ？』

「え？」

戸惑う俺に彼女は言う。

『最近、養成所があるからって打ち合わせできない日も多いでしょ？　あんたがそこまで本気で声優を目指してるとは思ってなくてさ。何か声優になってやりたいことがあるわけ？』

その質問に、俺は明確な答えを返すことができなかった。

7

六月半ば――。

少し前に梅雨入りした空はどんより重く、今日も午後になって雨が降り始めた。

いつものようにレッスンを終えて養成所のビルから出ると、激しい雨音に包み込まれる。

「うわー、かなりキツくなってる」

レッスンが一緒だった穂高さんが、傘を広げて言う。

「そうだな、傘を差してても濡《ぬ》れそうだ。早く駅まで行こう」

俺も傘を広げ、彼女を促して歩き出す。

二人並んで雨音の中を行く。

「忍ちゃんがいないと少し寂しいわね」

途中の横断歩道で立ち止まった時、穂高さんが呟く。

「ああ——でも忍ちゃんは中級に上がりたがってたから、合格してよかったと思う」

俺は頷き、昇級試験に受かった時の彼女の笑顔を思い出す。

「そうね……ただ、これで初級クラスは私たちだけになっちゃったかー」

溜息を吐く穂高さん。

「そうだな」

俺が同意すると、彼女はこちらを横目で見る。

「何がダメだったのかしら。私はともかく、藤波くんはレッスンでも褒められることが多かったのに……」

「まあ小中学生はジュニアコースで、中級クラスからは専門のレッスンがあるし……俺たちとは評価基準が違うだろうから単純に比較はできないよ。ただ、一点──明確な差があるとすれば……〝経験値〟かもしれない」

少し考えて俺は答えた。

「経験値？」

「ソラちゃん、美沙貴ちゃん、東雲さん、忍ちゃんの四人は、エレナの映画でメインキャラクターを勝ち取るために必死で練習した。合格した後も研鑽《けんさん》を続けたし、本番の収録でも大きく成長した。一緒にレッスンはしたけれど──数えるほどしか台詞がなかった俺たちとは、やっぱり得た経験の濃さが違う」

だからこれは順当な結果。

個々のレッスンで褒められることはあっても、俺と穂高さんは総合的に見るとまだ初級レベルなのだろう。

「……藤波くんは冷静なのね。悔しいとかは思ったりしないの？　一緒に劇団の練習にも参加したりして──かなり頑張ったのにさ」

俺の表情を窺いながら穂高さんは問いかけてきた。

「それはもちろん──悔しい思いはある。ただ一ヵ月や二ヵ月で昇級する方が異例なんだ。レッスンの内容的にも半年以上かけて昇級する実力を付けていくのが普通だし、今は焦っても仕方ない」

「すごいなぁ……私はそんなに余裕を持てないわ。やっぱり才能がないんじゃないかって落ち込んじゃう」

　そう言って彼女は肩を落とす。

「才能はあるよ。養成所に入れたんだから、それは間違いない」

　彼女と俺自身を鼓舞するためにあえて言い切る。

「だといいんだけど……」

　穂高さんは俺に苦笑を返す。

　信号が青になり、会話が途切れる。

　駅に着くと、ちょうど電車が来たところだったので早足で乗り込んだ。

　空いていた席に座って一息《ひといき》吐《つ》いたところで、俺は口を開く。

「……この前さ、バンド仲間から結構鋭いことを言われたんだ」

「何て？」

　肩が触れる距離で穂高さんは俺の方を見る。

「声優になって何かやりたいことがあるのかって」

「…………」

　彼女は黙って俺の話を聞く。

「俺は即答できなかった。その辺りも――ソラちゃんたちとの〝差〟なのかもしれないな」

「それなら、私も同じよ」

　すると穂高さんが強い口調で言う。

「具体的な目標なんてまだ浮かばないわ。でも、こうして頑張る理由はあるでしょ？　私にも……藤波くんにもさ」

「まあ——な」

俺は頷き、揺れる吊革《つりかわ》を眺めながら言葉を続ける。

「理由ならいくつもある。自分の力を試してみたいし——それに……」

途中で俺は口を噤《つぐ》む。

「それに、何？」

だが穂高さんに促されて、俺は躊躇《ためら》いながら言う。

「これは動機としては不純というか、あまり褒められたものじゃないのかもしれないけど——単に、児童館で出会った皆と……もう少し同じ道を歩いてみたかったってのもある」

本来、俺たちはボランティア委員が終われば関わりもなくなるはずだった。

けれど同じ目標に向かうことで、まだ繋がりを保てている。

エレナが児童館との関わりを求めて声優の話を持ちこんだように、俺もまだあの場所から卒業できていないのかもしれない。

「もう、何言ってるのよ！」

穂高さんがぐっと顔を近づけ、俺を睨む。

「そんなの不純でも何でもないわ。私も同じ！　皆と——藤波くんと一緒ならって——だから——！」

声が大きくなってしまったことに気付き、穂高さんはハッとして自分の口を押さえた。

ちらほらいる他の乗客からの注目が薄れるのを待ってから、彼女は控えめに俺の手を握る。

「藤波くんがいなかったら、声優の道に挑戦してみようなんて思わなかった。こうして一緒にいてくれなかったら……とっくに心が折れてたかもしれない。だから何ていうか……私は、感謝してるから」

「穂高さん……」

彼女は俺と繋いだ手をじっと見つめて言う。

「もちろんいつまでも一緒にはいられないってのも分かってるわ。たぶん藤波くんの方が先に昇級するだろうし、音楽活動だってきっとどんどん忙しくなる。今、こうして隣にいてくれることって……たぶん奇跡みたいなものなんだろうなぁ」

穂高さんが手に力を込めた。

「だからこうして触れられる間に──声が届くうちに伝えておくわ」

そっと彼女は俺の耳元に顔を寄せ、囁く。

「好き」

どくんと心臓が跳ねる。

「え──」

息を呑んで、彼女の方を向く。

どうしようもなく不意打ちだった。

頭の中を色々な思考が駆け巡る。

高校二年生になってからの新たな日々。その中で彼女と──穂高さんと過ごした時間、交わした言葉が、記憶の中から溢《あふ》れ出《で》る。

──俺は、どうすれば──。

彼女のことを俺はどう思っているのか。どんな言葉を返せばいいのか。

全く心構えのできていなかった俺にとっては、あまりの難問。

「…………」

すぐには言葉が何も出てこない。

穂高さんは頬を染めて、そんな俺の瞳を見つめていた。

「これ、別に〝付き合って〟って意味じゃないから。私たち──今はそんな時間なんてないもの」

そこで彼女は大きく息を吐き、体から力を抜く。

「あー……やっと言えたぁ……」

溜《た》め込《こ》んだ疲労感を滲ませて彼女は電車の天井を仰いだ。

「あの、俺は──」

とにかく何か答えなければと俺は口を開くが、彼女は慌ててそれを遮る。

「待って待って！　まだ返事はいらないんだって！　進路とかがある程度決まって、余裕ができた頃に〝付き合って〟って改めて言うから！」

「けど……」

それで本当にいいのだろうかと俺は眉を寄せる。

胸のうちでまだ形にならない感情が暴れていた。それを、頑張って言葉へと変えることが今すべきことではないのだろうか。

「それでいいの！　オッケーでもダメでも、今は何も手につかなくなっちゃうし」

「………分かった」

そう言われてしまうと頷くしかない。

だが急に──世界が変わってしまったかのようだった。

窓の外を流れていく街の明かりが、とても色鮮やかに感じる。

触れ合う肩から伝わる体温。

速まった鼓動がなかなか落ち着かない。

「私さ──去年、藤波くんと会った時……すごく〝青春〟がしたかったのよねー」

懐かしむように彼女が言う。

「受験で忙しくなる前に何か高校生らしいことしたくてさ。そしたら滅茶苦茶カッコイイ転校生が後ろの席になっちゃって……もう運命かなって──初彼氏にするならこの人だーって思ったの」

苦笑を浮かべて語る穂高さん。

「ボランティア委員に誘ったのも、ホントは何か仲良くなるきっかけが欲しかったから。不純な動機っていうのは、こういうことを言うのよ？」

冗談っぽく言う彼女に俺はぎこちなく言葉を返す。

「……そうなのか。でも、声を掛けてくれなかったら今の俺はなかったし——感謝してる」

先ほどの彼女のように俺は礼を言う。

「えへへ、これでお互い様ね。あーあ、でもここまで切羽詰まって……やっと一歩踏み出せるなんて、私もたいがいヘタレだわ」

「いや、凄いよ」

俺は首を横に振る。

「本当に——凄い。俺には、同じことができるか分からない」

心からの想いを口にする。

「そう？　あはは……何だか照れちゃうわね」

「安心してくれ——お互い様だよ」

頬が熱くなっているのを自覚しつつ、俺は告げる。

そこで会話は途切れ、俺たちは互いの存在を強く意識しながら電車に揺られ続けた——。

第二章　ちいさな恋

1

朝――混雑した電車の中、吊革《つりかわ》に摑《つか》まってぼうっと考える。

昔のことを思い出す。

人気者になりたい。

バンドを始めた時、そういう気持ちは少なからずあった。

女の子にモテたい。

テルは堂々とそのためにバンドをやるのだと言い、ユキからは不純だと怒られていた。

ただ俺も初めて女の子のファンから応援された時は、酷《ひど》く浮き立ったのを覚えている。

動画にたくさんのコメントがついた。

SNSに賞賛の声が溢《あふ》れた。

登校中にファンからサインを求められた。

事務所にファンレターが届いた。

小学生みたいな外見で、男として見られることがほとんどなかった俺ですら、下駄箱《げたばこ》を開けると時折ラブレターが入っていた――。

ただそこまでの状況になったのはエレナに振られた後だったこともあり、誰かと付き合おうと思うことはなかった。

エレナのように今は自分の夢に全てを懸けるのだと決め、ファンの声には〝ありがとう〟と感謝の気持ちだけで応えた。

そうしているうちに……他人の好意に慣れた。

とても贅沢《ぜいたく》なことだと思う。

だけど、どれだけ曲や俺自身を褒められても、以前のように心が震えなくなった。

嬉《うれ》しいし、ありがたい。

心の底から感謝はしている。

でも——変わらない。

俺自身に変化を与える特別な〝刺激《イベント》〟ではない。

いつの間にか、そういうモノになっていた。

俺たちのバンドを包んでいた〝人気〟——好意の渦。

それはもう空気と同じ。

吸わなければ生きてはいけない。

しかし、在ることを普段は意識しない。

一度バンドを辞めて、その空気の中から抜け出しても……俺はその環境に慣れ切っていた。

『好き』

耳の奥に残る囁《ささや》き声《ごえ》。

穂高《ほだか》さんからの好意に気付いていなかったわけではない。

児童館の皆が、俺に少なからず好感を抱いてくれているのも分かっている。

ただ、その気持ちがどれぐらい大きなものなのか。

異性に対する恋愛の感情なのか。

そうした気持ちの大小や質が、俺にはいまいち見極められない。

Eternal Red を解散してからは、段々と麻痺《まひ》していた感覚が戻ってきていたが……他人の好意を感謝で受け流してきた俺に、相手の心を推し量ることは至難の業。

だからたぶん次善の策として、俺は向けられる好意を過少評価するようにしていたのだろう。

——だって、本当に驚いたから。

穂高さんに告白されて。

あんなにも大きな想《おも》いを向けられて。

胸が苦しい。

心は——震えている。

以前とは何かが違う。

感謝の言葉だけで受け流してはいけない気がする。

いや、俺が受け流したくないんだ。

正面から受け止めて、考えたい。

俺自身の気持ちを、見極めたい。

正式な告白は改めてと彼女は言っていた。

恐らくは最短でも彼女の大学受験が落ち着いてから。推薦などで進路が決まるとしても、年末以降だろう。

遠い——。

俺にはまだまだ先のことに思える。


「次は雛野《ひなの》～雛野～」


車掌のアナウンスで我に返り、俺は他の乗客たちと共に電車を降りる。

そして普段のように改札を抜けたところで気付いた。

構内の大きな柱の傍《そば》——こちらを真《ま》っ直《す》ぐに見つめる少女の姿に。

赤いランドセルを背負った彼女は目が合うと、頬を染め——足早に近づいてくる。

「ソラちゃん？」

驚いて彼女の名を呼ぶと、彼女は緊張した様子で挨拶をした。

「か、カナタさん――おはようございます！」

「おはよう……久しぶりだね」

ずっとすれ違いが続き、顔を合わせていなかった。

久々に見る彼女は、少しだけ大人びたようにも見える。

「はい――とっても久しぶりです。あの、この前は……ごめんなさい。家まで来てもらったのに、わたしの用事で会えなくなっちゃって……」

申し訳なさそうに謝る彼女に俺は首を横に振る。

「大事な用事だったみたいだし、仕方がないよ。その――元気だった？」

俺も緊張しているのか、ものすごく無難な質問をしてしまう。

「元気です……！　カナタさんは……？」

「俺も元気だよ」

「よかった……」

自分の胸に手を当てて微笑《ほほえ》むソラちゃん。

会話が途切れ、俺は辺りを見回す。

「ソラちゃんはここで誰かと待ち合わせ？」

そう問いかけると、彼女は少し困った様子で顔を伏せた。

「あの……待っては、いました……えっと──カナタさんを」

駅前の喧噪《けんそう》に掻《か》き消《け》されそうな声で彼女は言う。

「俺を？」

彼女の言葉に心の奥がざわめく。

「はい。ここで待っていたら、そのうち会えるだろうって……」

そう言うとソラちゃんは後ろ手に持っていたものを俺に差し出してきた。

「こ、これっ……！」

それは可愛《かわい》いピンクの封筒。猫のシールで封がされているので、中には手紙が入っているのだろう。

「えっと……？」

戸惑いながら受け取ると、ソラちゃんは顔を上げて言う。

「朝はお忙しいと思うので、伝えたいことは手紙に纏《まと》めてきました。お時間ある時に読んでください！」

絞り出すように告げると、彼女はペコリと頭を下げて駆け去る。

「そ、ソラちゃん？」

呆然《ぼうぜん》としている間に、彼女は人波に呑《の》まれて見えなくなってしまった。

俺は手に残された封筒に目をやる。

「これは――」

そう呟《つぶや》いた時、俺の両サイドから声が聞こえた。


「何の手紙なのかなー？」

「ちょっとドキドキしますわね」


「なっ……美沙貴《みさき》ちゃんに東雲《しののめ》さん？」

驚いて左右を見ると、そこには異なる中学の制服を着た二人の少女が立っていた。

「おはよ、カナ兄《にい》！」

「おはようございます、藤波《ふじなみ》先輩」

笑顔で挨拶してくる二人。

朝の通学時間、偶然――いや、この場合は運悪く――タイミングが被《かぶ》ってしまったのだろう。

「お、おはよう……今の、見てたのか？」

気まずい思いを抱きながら問いかける。

「もちろん、ばっちり！」

「まあ――手紙を渡すところだけですけれど」

美沙貴ちゃんと東雲さんはそう答え、俺にずいっと詰め寄ってきた。

「それでカナ兄、手紙読まないの？」

「美沙貴、さすがに内容を詮索するのは失礼ですわよ」

東雲さんは美沙貴ちゃんを窘《たしな》めるが、その目は封筒をじっと見つめている。

「だけど気になるよー！　もしラブレターだったらどうするの？　あたしたちも〝元カノ〟としてウカウカしてられなくない？」

そわそわしながら美沙貴ちゃんは言う。

「………だとしても、今は〝参戦〟できませんわ。以前のようにカラオケをご一緒する程度なら構いませんが、正式な男女交際は校則で禁じられていますもの」

東雲さんは重い溜息《ためいき》を吐いて答えた。

「ああー、紫苑《しおん》の中学は厳しいトコだもんね。うーん、分かった！　紫苑が我慢するならあたしも我慢する！」

美沙貴ちゃんはぐっと拳を握りしめて告げると、俺に向き直る。

「カナ兄！　そういうわけでしばらくの間は、あたしたちオトモダチだから！」

「え？　あ、ああ」

唐突な宣言に戸惑いながら俺は頷《うなず》く。

「だから今は誰と付き合っても応援してあげる！　その代わり――紫苑が自由になった時

は、遠慮なくアタックするから覚悟しててね！」

笑顔で言う美沙貴ちゃんの口を東雲さんが慌てて塞ぐ。

「もう、美沙貴！　声が大きいし、一人で突っ走らないでください！　藤波先輩、この子が失礼しました――」

真っ赤になった顔で謝る東雲さん。

「いや……別に何も失礼なことは……」

頭を掻きながら俺は首を横に振る。

「それならよかったです……あの、ただ――いつかは、わたくしも勇気を出すので……お願いできればと……で、ではまた――」

か細い声で告げると、東雲さんは美沙貴ちゃんの腕を引っ張り、人波の中へと消えていった。

そこで気付いたが、頬が微《かす》かに熱い。

今のは告白ではないが、それに近しいものだった。

そのことが分からないほど俺は鈍感ではない。

ただ――前に〝恋人ごっこ〟に付き合った時と同じで、彼女たちが俺に向けているのは恋愛的な好意とは少し違う気もする。

しかしそれも彼女たちの成長と共に変わっていくのだろう。

そして俺自身も、数年後にはきっと今の俺ではない。

だからもし〝いつか〟が訪れるとしても、答えはその時の俺に委ねるしかない。

今はまず、この——胸の内にある気持ちと向き合わなければ。

耳の奥に残る穂高さんの囁き。

ソラちゃんから手渡された封筒。

この手紙はたぶんラブレターではないと思う。

ソラちゃんの様子を見ていて、何となくそう感じた。

だが大事な用件であることは確かだ。

どこか落ち着いた場所でしっかり読もうと、俺は学校へと足を向けた。

2

昼休み、学校の中庭にあるベンチに腰かけ——俺はソラちゃんから貰《もら》った封筒を開けた。

中には便箋が一枚。

そこに書かれていたのは——。


カナタさん、この前は会えなくてごめんなさい。

だから今度はわたしからさそおうと決めました。

お休みの日がいっしょの時に、お出かけしませんか？

カナタさんといっしょに行きたい場所があります。
スケジュールはお母さんに伝えてもらえると嬉しいです。
わたしもお母さんにたのんでお返事します。

「……お出かけ」
予感していた通り、ラブレターではなかった。
ただ——何だろうか、妙にそわそわする。
自分の頬が緩んでいることを自覚し、俺は気付く。
——嬉しいんだ、単純に。
今朝、少し話すことはできたけれど……物足りない気持ちが残っていた。
もっと色々な話をしたかった。
あの場で聞かれていても、オーケーだと即答していただろう。
「問題はお互いのスケジュールか……」
スマホを取り出して予定を確認。
バンドの打ち合わせや収録などもあるため、フリーの日はかなり少ない。
ソラちゃんの行きたい場所というのはどこなのだろう。
気になりつつも、一《ひと》先《ま》ず汀《なぎさ》さんにメッセージを送ることにする。
事情を説明してから休みの日程を伝えておく。

果たして——近いうちに予定が合う日はあるのだろうか。
俺はスマホを仕舞い、頭上を仰ぐ。
未《ま》だ梅雨は明けていないが——今日は雲間から青空が所々覗《のぞ》いていた。

ソラちゃんに手紙を貰った翌日——六時間目の授業の終わり際。

ブゥンと、制服のポケットに入れてあるスマホが振動した。

チャイムが鳴り、先生が教室を出て行ったところで俺は通知を確認する。

——汀さんからだ。

昨日の返事かもしれないと、俺はメッセージに目を通す。

「二週間後か……」

周囲に聞こえない程度の声で呟き、息を吐く。

やはりソラちゃんとの〝お出かけ〟の件についてだった。

だが予想していた通り、お互いに休みの日は少なく——直近で予定が合うのが二週間後の土曜日らしい。

まだしばらく待つことにはなるが、仕方がないと俺は了承の意思を伝えた。

——オーディションや昇級のこと、なるべく早く聞いてみたかったんだが。

逸《はや》る気持ちを抑えるため、窓の外に視線を向ける。

少し前に席替えがあり、俺は窓際一番後ろの席となっていた。

三年生の教室は校舎の三階になるので窓からの見晴らしはいい。

学校のグラウンドと中庭、校門までが見通せる。

そこで校門付近に気になるものを見つけた。

――ん？

開かれた校門の柵の傍に、子供が立っている。

ランドセルを背負っているように見えるので、恐らく小学生。

遠くて顔は判別できないが、ソラちゃんよりも小柄な姿。

高校の敷地《しきち》には入ろうとしないので、誰かを待っているのだろう。

あれって――。

服装の雰囲気から一人の少女の名前が脳裏に浮かぶ。

もしかしたらと、俺は手早く帰り支度をして教室を出る。


「お兄ちゃーん！」

下校する生徒たちに交じって校門に近づくと、幼い女の子が俺を見つけて元気よく手を振った。

――やっぱりか。

鈴森忍《すずもりしのぶ》、小学四年生。

ついこの間、声優養成所の中級クラスに上がり、とっても張り切っていた。

「や、やあ」

周囲の生徒たちの視線が集中するのを感じつつ、俺はぎこちなく彼女に手を振り返す。

「忍ちゃん……どうしたんだい？　こんな——高校の前まで来て」

俺は足早に彼女へ近づき、問いかけた。

「お兄ちゃんを待ってたの！　ちょっとだけお時間いーい？」

真面目な顔で答える忍ちゃんだが、俺は彼女の背中を押して校門の前から移動する。

「いいけど——ただ、ここは少し目立つから別の場所で話そうか」

俺自身が最近は注目を集めていることもあり、どんな噂《うわさ》が立つか分からない。

もう手遅れかもしれないが——忍ちゃんは俺を「お兄ちゃん」と呼んでいたので、妹がやってきたと勘違いしてくれることを祈ろう。

「分かったの！　じゃあ……どこかに行くなら児童館はどう？」

「え——」

驚く俺の腕を引っ張り、忍ちゃんは歩き出す。

「今日はレッスンとか、ご用事ある？」

歩みは止めずに問いかけてくる忍ちゃん。

「特には——」

初級クラスのレッスンはない日なので、早く帰って曲作りをしようかと思っていたぐらいだ。

「じゃあレッツゴーなの！」

そう言って彼女は足取りを速めた。

「いや、けど俺はもうボランティア委員じゃ……というか忍ちゃんもボランティア委員だったっけ？」

あの児童館に通えるのは小学三年生まで。

小学四年生以降は、ボランティア委員になった児童生徒が派遣されるという形式だ。

確かソラちゃんは今もボランティア委員を続けながら、養成所にも通っている。だから非常に忙しく、スケジュールを合わせることも難しい。

「しのぶは習い事もたくさんだから、ボランティア委員はしてないの。でも時々遊びに行ったら、みんなも館長さんも喜んでくれるの」

「そ、そうなのか？」

本当にいいのだろうかと思いながら、俺は忍ちゃんに手を引かれて足を動かす。

木々が生い茂る城郭公園の中に入り、その一角にある児童館の前へ。

フェンスの向こうから聞こえる子供の声。

数ヵ月前までボランティアとして頻繁に通っていたのに、もう懐かしさを感じる。

ただ当然ながら敷地に入る扉はしっかりと閉じられており、勝手に入っていいようには見えない。

ボランティア委員の時は、チャイムを鳴らして職員さんに扉を開けてもらっていたが
──。

「みんなーっ！　やっほーなのー！」

忍ちゃんはチャイムを押さず、直接フェンスの向こうに呼びかけた。

広場で遊んでいた子供たちが一斉にこちらを見る。

「あっ！　しのぶ姉ちゃんだ！」

「兄ちゃんもいるー！」

歓声を上げてフェンス際に集まってくる子供たち。

皆、よく知っている子だ。

ただ広場にいる一部の幼い子は、こちらをポカーンとした顔で見つめている。

今年から児童館へ通い始めた子たちだろう。

そこで奥の建物の方からエプロンを付けた大人の女性がやってくる。

「まあ──忍ちゃん、また来てくれたのね。藤波くんもお久しぶり」

彼女はフェンスの向こうから俺たちに挨拶した。

「館長さん……お久しぶりです」

来てよかったのだろうかと思いながら、児童館の館長である彼女に挨拶を返す。

「人手が足りないなら、またしのぶが一肌脱ぐの！」

忍ちゃんの言葉に館長は笑みを零《こぼ》す。

「それは助かるわ。今日はちょうどボランティア委員の子が誰も来ていなくて……よければ子供たちと遊んでいってくれないかしら？」

そう言って彼女は扉を内側から開けてくれた。

「えっと、いいんですか？　俺たちは委員じゃないのに……」

「ふふ――忍ちゃんは私からお手伝いをお願いしていますし、一年以上その施設でボランティア委員を務めてくれた子は、色々な手続きを省略して、施設長の判断で臨時ボランティアとして採用できる――という市の規定があるのよ。だから問題ないわ」

俺たちを敷地に招き入れた館長はそう説明する。

「前年度は皆とても熱心だったから必要なかったけれど、人手が足りなくなった時はボランティア委員ＯＢの子たちに連絡して来てもらうことも多いの」

事情を語る館長の元へ、幼い子供がとてとてと走り寄って来た。

「その人たち誰ー？」

恐らく新一年生と思われる男の子が館長に問いかける。

「去年、ボランティア委員をしてくれていた子よ。このお兄さんはとってもピアノが上手《うま》くて――」

「しのぶは歌とダンスの〝えきすぱーと〟なの！　みんなで一緒に歌うのー！」

館長の言葉の途中で忍ちゃんが割って入り、子供たちを促して走り出す。

「お兄ちゃんも早く早くー！」

「あ、ああ」

忍ちゃんに呼ばれて俺は彼女たちを追いかけた。

建物に入り、ピアノのある広間に移動する。

「ピアノ弾いてー！」

子供たちに背中を押され、俺はピアノの前に座らされた。

忍ちゃんは皆の前に立ち、胸を張る。

「お兄ちゃんのピアノに合わせて、みんなで歌って踊るの！　リクエストがある人！」

するとたくさんの手が挙がり、最初は今流行《はや》りのアニメの主題歌をリクエストされた。

――歌って踊る、か。

ちらりと忍ちゃんの方を見てから、俺はピアノを弾《ひ》き始《はじ》める。

彼女が児童館に通う側だった時は、他の子供たちに交ざって歌ったり踊ったりしていた。

その時はとにかく大きな声を出して元気よく歌うという印象で――踊りも思うままに手足を動かしているだけのもの。

だから〝えきすぱーと〟というのは、単に大げさな表現かと思っていた。

「〜〜〜♪」

忍ちゃんの歌声にぎょっとする。

あまりに不意打ちで。

上手い——が、それ以上に可愛い。

脳髄に直接響くような甘い歌声が俺のピアノに重なる。

そして軽快なステップ。

即興だと思われる振り付けで——見事に歌に合わせて踊る忍ちゃん。

——いったい、いつからこんな……。

彼女の変わりように心底驚く。

きっかけがあるとすれば、養成所か。

養成所の初級クラスのレッスンは、声優としての基礎知識や初歩の技術を固める講義がほとんど。

だが中級からは歌やダンスのレッスンもあるそうだ。

しかし……彼女が昇級したのはつい最近。

そんな短期間でこのレベルに達したのだとすれば、彼女のセンスは飛びぬけている。

子供たちもしばし忍ちゃんの歌に聞《き》き惚《ほ》れていたが、何人かが真似《まね》して歌い出すとすぐに大合唱になった。

その中でも忍ちゃんの声は埋もれず、俺の耳に届く。

大輪の花のごとき存在感。

ソラちゃんの声はその〝質〟が特別だが、忍ちゃんの歌にもそれに劣らぬ〝響き〟があった。

まるで――アイドル。

秋葉原で忍ちゃんと一緒に見たライブを思い出す。

今の忍ちゃんは、あの時のアイドルのような魅力を放っていた。

「お兄ちゃんも一緒に歌おっ！」

間奏で彼女はこちらに笑みを向ける。

ドキリ――と心臓が跳ね、その笑顔に一瞬見惚れた。

「あ、ああ――」

すぐに我に返り、ピアノを弾きながら俺も曲に声を乗せる。

子供たちの声も響く中、俺と忍ちゃんの声は綺麗《きれい》にハモった。

偶然ではない。これはきっと忍ちゃんの技術。

歌うことがとても心地よく、楽しい。

ピアノの音も軽やかに弾む。

たぶん子供たちも同じ気持ちなのだろう。

皆が笑顔で歌い、音に合わせて飛び跳ねている。

そんな〝俺と忍ちゃんのライブ〟はリクエストが途切れないまま続き、児童館には閉館時間まで歌声が響いていた。


「さすがにちょっとだけ疲れたの〜」

子供たちが帰った後、忍ちゃんは床に座り込んで言う。

「……俺は普通に疲れた」

俺はピアノの椅子に腰かけたまま、ピアノを弾き続けた腕をひらひらと振る。

「でも、しのぶは楽しかったの！」

「………俺もだ」

彼女に同意してから、俺は言葉を続けた。

「忍ちゃん、すごく歌とダンスが上手くなってて驚いたよ」

「ホント⁉　しのぶ、上手だった？」

顔を輝かせて彼女は立ち上がると、俺の傍にやってくる。

「ああ――上手って言葉じゃ足りないぐらいだ。本物のアイドルみたいだった」

「アイドル……」

忍ちゃんはその言葉を繰り返すと、真剣な表情で口を開く。

「お兄ちゃん、しのぶね――やりたいことが決まったの」

「え？」

戸惑いつつも俺は彼女に向き直る。

忍ちゃんは俺を真っ直ぐに見つめて言う。

「しのぶ、アイドル声優になる！」

その宣言は決して意外なものではなかった。

忍ちゃんが進むのは、そちらの方向だろうと考えていたから。

「そうなんだ――うん、忍ちゃんにはすごく向いてると思う」

俺は笑顔で頷く。

「やったっ！　お兄ちゃんがそう言ってくれるなら、しのぶは自信満々になっちゃうの！」

ぴょんぴょん飛び跳ねて喜ぶ忍ちゃん。

「あのね、この前――中級に上がった時、養成所の人とこれからのことをお話しして……アイドル声優がしのぶのやりたいことにピッタリだって思ったの！」

声を弾ませて彼女は語る。

「歌とかダンスのレッスンも初めて受けてね――しのぶ、これすっごく得意かもって――一番になれるかもって！　でもやっぱりお兄ちゃんにすごいって言ってもらえるかが気になって……」

そこで忍ちゃんは目元を手で擦った。

「よかったの……お兄ちゃんに褒めてもらえて……」

「忍ちゃん――」

泣いているのかと思ったが、忍ちゃんは首を横に振って再び笑みを浮かべる。

「お兄ちゃん、しのぶのファンになってくれる？」

その問いかけに俺は頬を掻く。

「ファン――か」

「ダメなの？」

表情を曇らせる忍ちゃん。

「いや、そうじゃなく……たぶん、もうなってるよ。さっき――忍ちゃんのパフォーマンスにずっと見惚れてたから」

こんな魅力的な〝アイドル〟に出会ったのは初めてだった。

ファンにならないわけがない。

「っ……嬉しいのっ！」

そう言って忍ちゃんは俺に抱き付いてくる。

「し、忍ちゃん――アイドルを目指すならあまりこういうことは……」

慌てる俺の耳元で忍ちゃんは言う。

「だいじょーぶ、お兄ちゃん限定のファンサービスなの。時間は十秒！　いーち、にーい、さーん……」

彼女はそうして秒数を数え始めた。

「――じゅーう！　終わり！」

パッと俺から離れた忍ちゃんは、赤くなった顔で笑う。

「十秒は……ちょっとだけ長かったかもなの。胸が何だか……」

彼女は自分の胸に手を当てて、首を傾《かし》げた。

「大丈夫？」

「うん――平気。でもこれでお兄ちゃんはずーっと、死ぬまでしのぶを〝推し〟続けてくれるよね？」

「まあ……もちろんずっと応援はするけど」

苦笑を浮かべて頷く。

「やったの！　これでソラお姉ちゃんに先を越されなくて済んだの！」

喜ぶ忍ちゃんだが、俺はその言葉に疑問を抱いた。

「どうしてそこでソラちゃんが出てくるんだ？」

「え？　だってお兄ちゃん――ソラお姉ちゃんからラブレター貰ったんでしょ？」

きょとんとした顔で彼女は答える。

「なっ……いったい誰からそんなことを――」

驚く俺に忍ちゃんは言う。

「美沙貴お姉ちゃんと紫苑お姉ちゃんが話してるのを聞いちゃったの。あれ、絶対にラブレターだよねーって言ってたの」

あの二人と忍ちゃんは同じ中級クラス。情報が伝わるのは避けられなかったかと俺は溜息を吐く。

「――訂正しておくけど、ラブレターではないからな」

これ以上噂が広まる前にそう言っておく。

「そうなの？」

「ああ」

「でも――ソラお姉ちゃんから手紙は貰ったんだよね？」

「……まあな」

俺が頷くと忍ちゃんは微笑む。

「じゃあやっぱり今日お兄ちゃんに会いに来てよかったの！　このままだと――お兄ちゃんが取られちゃってたかもしれないもん」

そこで忍ちゃんは得意げに胸を張る。

「だけどお兄ちゃんは、もうしのぶのファンなの！　ソラお姉ちゃんが何をしても、お兄ちゃんの心を全部は奪えないの！」

そう言って忍ちゃんは俺の手をぎゅっと握った。

小さな手の体温と力強さに、これまで感じたことのない胸のざわめきを覚える。

この握手は〝アイドルとしての握手〟なのだと気付く。

俺に向けられた笑顔には、自分を応援してくれたことに対する混じりけのない感謝が宿っていた。

握手会に通うファンの気持ちが、少し分かった。

そして俺やバンドを応援してくれていた人たちの想いも――。

「アイドル声優になったら、ライブには必ず来てね？　お兄ちゃんっ」

「分かった」

考えるより先に頷いていた自分に驚く。

彼女の〝才能〟が眩《まばゆ》く輝き始めているのを感じながら、俺は大勢の観客の前で歌う忍ちゃんの姿を思い描いていた。

3

ソラちゃんと約束した〝お出かけ〟の日。

朝から空は生憎《あいにく》の雨模様。

梅雨入りからしばらく経《た》ち、青空が見えない日が続いていた。

俺は傘を差して最寄りの鳩森駅《はともり》へ足を向ける。

先日買ったばかりの靴は、履くとまだ少し違和感があった。

土曜日で雨ということもあり、街を行く人の姿は少ない。

駅に着くと俺は傘を畳み、改札前で足を止める。

普段はここから電車に乗って登校しているが、今日はこの場所が集合地点。

「――まだ来てないよな」

俺は周囲を見回してソラちゃんの姿がないことを確認した。

彼女との待ち合わせは、午前十一時に鳩森駅の改札前。

ここがいいとソラちゃんが指定したのだ。

しばらくすると高架上のホームに電車が到着した音が聞こえ、ちらほらと乗客が改札に向かってくる。

スマホを見ると、十時五十五分。約束の時間の五分前。

真面目なソラちゃんならこの電車に乗っているだろうと、彼女を探す。

その予想は当たり、改札へ向かってくる人々の中にソラちゃんの姿を見つけた。

彼女も俺を発見したらしく、胸の前で控えめに手を振る。

改札を通った彼女は、小走りで俺の前にやってきた。

「か、カナタさん――お待たせしました！」

「いや、そんなに待ってないよ。近所だから、家を出たのもついさっきだし」

俺は首を横に振り、彼女の手に目をやる。

「それより——指、大丈夫？」

近づいてきた時にまず目に留まったのが、彼女の指に巻かれた絆創膏《ばんそうこう》だった。

一つや二つではなく、両手に何ヵ所もだ。

「あっ……こ、これは……何でもありません。平気ですっ！」

ソラちゃんはハッとして手を体の後ろに隠してしまう。

「平気なら——よかった」

あまり深く聞いて欲しくはなさそうだったので、俺はそこで引き下がる。

「じゃあ、どこへ行こうか？　生憎の雨だけど……」

駅の外は雨に濡《ぬ》れ、車が水たまりを跳ねる音が響いていた。

「えっと……雨でも問題ありません。行きたい場所は屋内なので……」

妙にもじもじしながら答えるソラちゃん。

「屋内？」

汀さんを介して待ち合わせ場所は決めたが、今日の目的地は知らされていない。

この辺りに雨の日でも楽しめる施設などがあっただろうかと考えていると、ソラちゃんは真剣な顔で言う。

「あ、あの……カナタさん、お昼ご飯はまだ……ですよね？」

「ああ、それもソラちゃんと相談して決めようと思ってて」

俺の答えを聞くと、ソラちゃんは俺に一歩詰め寄ってきた。

「ならっ……わたしに作らせてもらえませんかっ？　か、カナタさんの……おうちで」

言葉尻は小さくなるが、その声は俺の耳に届く。

「お、俺の家？」

驚く俺にソラちゃんは頷き返した。

「はい――お母さんにもちゃんと話はしてあります」

「え……でも、汀さんは何も……」

ソラちゃんとの連絡は汀さんを介して行われたのに、どうして伝えてくれなかったのだろうか。

「えっと……カナタさんは真面目だから、事前に相談したら断られるよってお母さんが……だから、その場の勢いで突撃しちゃえって……」

ちょっと申し訳なさそうに、彼女は目的地を伏せていた理由を語る。

「まったく、汀さんは……」

俺は溜息を吐き、手で額を押さえた。

「やっぱり……ダメ、でしょうか？」

不安そうにソラちゃんが俺を見上げる。

両手の絆創膏――きっと今日のためにたくさん料理を練習したのだろう。

小学生の女の子を家に上げるなど……汀さんの予想した通り、事前に相談されていれば断っていたと思う。

だが……こんなソラちゃんを前にして、ダメだと口にできるはずもない。

「──いや、作ってもらう立場だから頼むのは俺の方だよ」

俺がそう言うとソラちゃんは顔を輝かせる。

「じゃあ……！」

「ああ、昼ご飯はソラちゃんにお願いしていいかい？」

「はいっ!!」

とても嬉しそうに了承するソラちゃん。

幸いにも今日は休日であるため、俺は私服で、ソラちゃんもランドセルを背負っていない。

今ならさほど悪目立ちはしないだろうし、何か言われたとしても親の許可は取れている。

──まあ、何とかなるだろ。

大事《おおごと》になる可能性は低いはずだと自分に言い聞かせ、覚悟を決めた。

「部屋、わりと散らかってるよ」

ただ幻滅されたくなくて予防線を張ってしまう。

「大丈夫です！　わたしがお掃除します！」

「そ、そこまではいいって！　ソラちゃんが料理をしている間に、最低限片付けるから」

あまり見られたくないものもあるので、慌てて遠慮する。

「そうですか……では、行きましょう。食材を買いたいので、近くのスーパーマーケットに案内してくださいっ」

ソラちゃんは気合の入った声で言い、俺の手を握る。

「わかった——すぐそこだし、俺の傘に入って」

俺は彼女の手を引き、もう一方の手で傘を広げ、雨の街へと踏み出す。

「っ……」

ソラちゃんは顔を赤くしながらも、雨に濡れないよう俺に体を寄せてきた。

一つ傘の下、並んで歩く。

歩幅を彼女に合わせると、近いはずのスーパーが少し遠く思える。

けれど移動時間が長引くことは、何故《なぜ》だか全く嫌ではなかった。

4

「わー……すごく立派なところですね」

俺の住むマンションに着くと、ソラちゃんは感心したように言う。

入り口にオートロック式のエントランスがあることに驚いているようだ。

「大学生用の物件だからね。女性もいるし、セキュリティはしっかりしてるんだ」

食材でいっぱいのスーパーの袋を手にした俺は、入り口のパネルに暗証番号を入力しながら言う。

「お、お邪魔しますっ……」

扉が開くと、ソラちゃんが緊張した様子でエントランスに入る。

「俺の部屋は四階だから、その挨拶はまだ早いかな」

苦笑しながら俺は彼女を連れてエレベーターに乗り、四階へ。

エレベーターがあることにもソラちゃんは驚いていた。

通路を進んで自分の部屋の前で立ち止まり、ポケットから鍵を取り出す。

「ここがカナタさんの……」

「ああ、じゃあ改めて――ソラちゃん、いらっしゃい」

俺は扉を開け、彼女を招き入れた。

ワンルームなので、ソラちゃんと汀さんが暮らす集合住宅の部屋より狭い。

廊下に並ぶ二つの扉は、バスルームとトイレのもの。奥に進むとキッチンのある八畳ほどの洋室がある。

「今度こそ……お、お邪魔しますっ！」

よほど緊張しているのか、ぎこちない動きで玄関に入るソラちゃん。

俺は先に靴を脱いで室内へ入り、床に散らかっていたものを手早く部屋の隅に寄せる。

普段から最低限の掃除はしておいてよかった。

物で雑然とはしているが、汚いというほどではない。

「買ったもの、とりあえず冷蔵庫に入れておくよ」

俺は袋を置き、冷蔵が必要なものを手早く仕舞う。

冷蔵庫の中はガラガラで整理の必要はない。食事はスーパーやコンビニの惣菜《そうざい》や弁当で済ませることが多く、冷蔵庫に常備してあるのは飲み物ぐらいだ。

「は、はい、ありがとうございます……！　あ——すごい、パソコンと楽器が……」

俺に返事をしてから部屋に入ってきたソラちゃんは、デスクに置かれたパソコンとそれに接続された電子ピアノを見て呟く。

狭い部屋なので、それ以外だと窓際のベッドぐらいしか家具はない。

片側の壁が全てクローゼットになっているので、制服などはそこに仕舞ってある。

「作曲に必要なものだから新しく買ったんだ。興味があったら、好きに触ってくれていいよ」

「ええっ……だ、大丈夫です……もしも壊れちゃったら大変なので……」

遠慮したソラちゃんは、俺の方にやってくる。

「それよりもお昼ご飯を作ります！　そのために来たんです！」

拳を固めて彼女は気合を入れた。

「わ、分かった——じゃあ、頼むよ」

俺は少し気圧《けお》されながら頷く。

「はい！　あ……ちなみに、調理器具はあります……よね？」

不安そうに問いかけてくる彼女。

「ああ、こっちに来た時に一通りのものは揃《そろ》えたよ。まあ——あんまり使ってはいないけど」

面倒でほとんど自炊はしていないことを白状する。

「分かりました——それでは、カナタさんはくつろいで待っていてください」

そう言うと彼女は早速キッチンで調理に取り掛かろうとする。

「あ、ちょっと待って」

だが俺は彼女を一旦制止し、足早にバスルームへと向かった。

——これならちょうどいい高さか。

浴室用の椅子を手に、俺はキッチンへと戻る。

「カナタさん？」

きょとんとしている彼女の足元に、俺は浴室用の椅子を置く。

「これを踏み台に使ってくれ」

ソラちゃんの身長だと、流し台が少し高い。

つま先立ちで調理をさせるわけにはいかないので、足場が必要だろう。この浴室用の椅子はわりと大きめでしっかりした作りなので、上に乗っても問題はない。

「あ……」

驚いた表情を浮かべた後、ソラちゃんは嬉しそうに微笑む。

「ありがとうございます……カナタさんは、いつも……わたしのことを見てくれてますよね……」

真っ直ぐに見つめられて礼を言われると、妙に気恥ずかしくなってしまう。

「ど、どういたしまして。えっと……他に何か手伝えることはある？」

俺の問いに彼女は首を横に振った。

「いえ、大丈夫です。あとは一人でやらせてください……！」

ソラちゃんの決意は固そうだったので、俺は頷いてキッチンから離れる。

しかし何もしないでいるのは居心地が悪い。

とりあえず折り畳み式のテーブルを出し、食事ができる場所を確保してから、俺は電子ピアノの前に座る。

実を言うと今日は出かけるギリギリまで作曲をしていた。

そろそろまた新曲を出そうと思っているのだが、いまいちピンと来るものができていない。

その原因は分かっている。

新たなジャンルに挑戦しようとして、上手く纏まらずにいるのだ。

別にラブソングに拘《こだわ》っているわけではないのだが、これまでにないものを作ろうとして空回りしている感じだ。

曲の核になるものが見つからない――そんな感覚。

そこでふとソラちゃんの背中に目が向いた。

見慣れた俺の部屋。

そこで小学生の女の子が料理をしている。

それは何だかとても不思議な光景に思えた。

むずがゆくて、少し落ち着かない。

今まで抱いたことのない感情が胸の奥で揺れている。

——初めての気持ち、か。

少なくともそれは俺にとって、紛れもなく〝新しい〟モノ。

これを取りこぼさずに音へ変えることができれば……。

「————」

俺はヘッドフォンを着け、思い付くままに鍵盤を叩《たた》く。

弾いたメロディはそのままパソコンに保存されるので、紡いだ音階を覚えることに意識を割く必要はない。

音は外に漏れていないため、ソラちゃんは気付かず料理を続けている。

その背中を横目で見ながら、胸から湧き出る想いを音に乗せた。

満足するまでメロディを奏でてから、それをパソコンで確認。

前後を入れ替えたり、切り張りしたりして大まかに曲の全体像を描き、改めてそれを演奏し、プロトタイプを作り上げる。

——よし。

いい曲になりそうだと手ごたえを感じたところで、ふと視線に気付く。

いつの間にかソラちゃんがこちらを向いていた。

パソコンに向き合っていたため、視界に入っていなかった。

「……カナタさん、そんな風にして曲を作ってるんですね」

ぽうっとした顔で言うソラちゃん。

「ああ——まあね。今ちょうど一曲できたよ」

「すごい……お疲れ様ですっ！　お料理もたった今できたところです……！」

そう言って彼女は皿に載せた料理を運んでくる。

テーブルに並べられたのは、卵で綺麗に包まれたオムライスだった。

「おお……」

滅多に自炊をしない俺は、素直に感心する。

「あ、あの、まだちょっとだけ待ってください。テレビで見たんですが……最後にこれをすると——男の人は嬉しいんですよね……？」

ソラちゃんはそう言って、オムライスの上にケチャップで何かを描き始めた。

それがハートの形だと分かり、ドキリとする。

顔を上げたソラちゃんも、顔を赤くしていた。

——たぶんメイド喫茶とかの真似なんだろうが……。

仮にメイド喫茶でそういうことをされても〝仕事なんだろう〟と考えて、それほど感情が揺れることはないだろう。

しかしソラちゃんが俺のために描いてくれた大きなハートマークには、喩《たと》えようのないインパクトがあった。

――いやいや、ソラちゃんには変な意図はないはずだ。

ここで動揺するのは、彼女のことを意識してしまっているようで――少なくともそれが彼女に伝わらないように平静さを取り繕う。

「ありがとう――嬉しいよ」

どぎまぎを見せずに礼を言えた自分を褒めてやりたい。

「喜んでもらえたのなら……よかったです。じゃあ……えっと……か、カナタさん――どうぞ」

ソラちゃんはハートのオムライスを俺の方に押しやった後、こちらにケチャップのボトルを差し出す。

「……わたしの分は、カナタさんが描いてくれますか？」

「え――わ、分かった」

俺は頷くが、ケチャップを垂らそうとしたところで動きを止める。

――お、俺もハートマークを？

これでは付き合いたてのカップル……いや、同棲中《どうせいちゅう》の恋人同士のやり取りみたいだ。

けれどソラちゃんは、こちらをじっと期待の眼差《まなざ》しで見つめていた。

ここで他のマークを描いたら、がっかりされる気がする。

ソラちゃんのそんな顔は見たくない。

悩んだ末——俺は緊張しながら、ソラちゃんのオムライスにハートを描く。

少し不格好だが、まあたぶんハートに見えるはずだ。

「ありがとう……ございます」

ソラちゃんは耳まで真っ赤にして礼を言う。

「あ、ああ……」

ソラちゃんには変な意図はないはずだと思っていたのに……この反応は——。

いや……他人が描くのを見て、初めてハートマークの威力に気付いたとも考えられる。

だとすれば、俺と彼女は今同じ気持ちなのだろう。

そう考えると俺まで顔が熱くなった。

妙な雰囲気になってしまい、俺は頭を掻く。

「オムライス、食べてもいいかな？」

「は、はいっ……！」

大きく首を縦に振るソラちゃん。

俺はスプーンを手に取ると、オムライスを端から掬《すく》って口に運ぶ。

「——うん、美味《お い》しい」

お世辞ではなく、味付けも俺好み。

「ホントですか……？」

「ああ」

「よかったぁ……」

心底ホッとした様子でソラちゃんは安堵《あんど》の息を吐く。

そこからは空気が緩み、俺たちは和やかに会話しながらオムライスを食べた。

話題はやはり養成所のこと。

「ソラちゃん、もうすぐプロダクションの所属になるんだって？」

汀さんから聞いていたことを改めて問いかける。

「はい――わたしに受けて欲しいオーディションがあるらしくて、養成所の人が急いでくれてる感じで……」

ソラちゃんは苦笑を浮かべて言う。

「そうなのか――」

「わたしなら役を勝ち取れるって……すごく推してくれて――正直、あまり自信はないんですけど……」

複雑そうな顔でソラちゃんはオムライスを一口頬張った。

「プロダクションがそれだけ期待しているなら、ソラちゃんには可能性があるってことだよ。でもそんなに急ぐってことは、かなり大きな企画のオーディションなんだろうな」

俺の言葉に彼女は頷く。

「……まだ詳しく言っちゃダメなんですけど、とっても有名な作品のオーディションで――家では毎日原作を読み込んでます」

となると候補は絞られるが、詮索してもソラちゃんが困ると思うのでやめておく。

「じゃあ合格したら注目間違いなしか。いきなり人気声優の仲間入りをするかもな」

「ええっ……！　そんな――わたしなんてまだ全然……」

両手を振って謙遜するソラちゃんだが、俺はお世辞を言ったつもりはない。

「いや、そうなっても全然不思議じゃない。状況に振り回されないように、心構えだけはしておいた方がいいよ」

真面目な顔で言うと、ソラちゃんも表情を引き締める。

「――分かりました。先のこと……上手く想像できないですけど、色々ちゃんと考えてみます」

「ああ――」

これで話したかったことは話せた気がする。

元気か、とか――楽しいか、とか――そんなことは聞くまでもない。

忙《せわ》しない日常の中にあっても、ソラちゃんにはやる気が満ち溢れていた。

まだまだどこまでも走っていける。

今の俺にできるのは、ささやかな応援だけだ。

「今日、カナタさんとお話しできてよかったです……何だか、心が落ち着きました」

ソラちゃんは表情を緩めて言う。

「俺もソラちゃんと話したかったし、誘ってくれて感謝してる」

俺は微笑みながら礼を言った。

「そんな――そもそもわたしが前の約束を守れなかったからで……だけど、嬉しいです。

カナタさんと同じ気持ちなことが……」

そこで彼女は食事の手を止め、俺を真っ直ぐに見つめる。

「あの……でも、次にこうして会えるのがいつになるのか……分かりません。もしかすると来年……この街から離れることになるかもしれないし……」

「――そうだな」

俺は驚くことなく頷く。

ソラちゃんがプロダクションの所属になれば、オーディションを受けたり、仕事をするため、頻繁に東京へ行く必要がある。だがこの街からでは時間が掛かり過ぎるし、交通費も嵩《かさ》む。

「プロダクションの人が、東京にある中高一貫の学校を紹介してくれて……芸能とかにも力を入れてるところで――実績があれば奨学金も出るし、寮もあるって……」

そう言うソラちゃんの目には、わずかな迷いが見えた。

「うん――かなりいい条件だと思う。汀さんにも負担は掛からないし」

だから俺はあえて強い口調で肯定的な相槌《あいづち》を打つ。

「です、よね……わたしもそう思います」

ソラちゃんの瞳に、覚悟の色が浮かぶ。

「カナタさん――ずっと前、話したことを覚えていますか？　いつか、わたしがすごい声優になれれば、遠くに行っても――声は届くはずって……だから怖くないって話……」

「ああ」

あれは確か、エレナのオーディションに合格した後のこと。

「あの時話したことが、近づいてるんだなって気がします。この声が届くなら――どこにいても怖くないし、寂しくないって気持ちは……変わっていません。でも――」

そこでソラちゃんは胸の前でぎゅっと自分の手を握りしめる。

「離れる前に、遠くに行く前に……伝えたいことがあるんです。今、言わないとたぶん後悔することが……！」

束《つか》の間《ま》、呼吸を忘れた。

予感が全くなかったわけじゃない。けれど心構えなどしていなかった。

そんなことが起こるはずがないと、起こってはいけないと――心のどこかで思っていたから。

彼女の想いを推し量ることも、俺自身の気持ちを見極めることも避けてきた。

さっきのハートマークだって、変な意図はないはずだと自分に言い聞かせていた。

何故なら〝答え〟を探そうとすればきっと……。

ズキリと胸が痛む。

だけど、もう目を逸《そ》らすことはできない。

「うん――」

俺は頷き、彼女の言葉を待つ。


「あ、あの……！」

よほど緊張しているのか、ソラちゃんの声が震えている。

呼吸は速くなり、顔はどんどん赤くなる。

そして、彼女と同期するように俺も体が熱くなってくるのを感じていた。

口の中が渇く。

心臓の音が耳の奥で響いている。

「わたし……わたし……っ！」

必死に言葉を絞り出そうとするソラちゃん。

けれど、どうしてもその先が出て来ない。

「────」

俺は何も言えない。

じっと彼女を見つめて待つ。

だがソラちゃんはもうダメだというように首を横に振る。

諦めたのかと思ったが、彼女は震える手を自身の胸に当て──一度大きく深呼吸をする。

吸って、吐いて──顔を上げて、俺を見る。

まだ緊張している。恐れている。迷っている。

だけどその全てを乗り越えて、彼女は言う。

「好きです……わたしはカナタさんのことが……大好きですっ……！」

懸命に絞り出された声。

それは間違いなく──想いの告白だった。

彼女が放った言葉は、俺の心の奥深くまで届く。

まるで胸を撃ち抜かれたかのような感覚。

それほどの衝撃があったけれど、それは苦しさや痛みを伴うものではなく──じわりと

俺の中に心地よい熱を広げていく。

——ソラちゃんは、俺よりずっと凄《すご》いよ。

俺がかつて一度だけしたことのある告白は、わりと遠回しなものだった。

こんなストレートな告白をする勇気はなかった。

だから尊敬する。

その懸命さに目を奪われる。

俺は彼女の瞳から目を逸らすことができないまま、考える。

どうすべきか——いや、俺がどうしたいかを。

自分の心臓の音がうるさい。

穂高さんに告白された時も、美沙貴ちゃんと東雲さんに迫られた時も、忍ちゃんのファンサービスを受けた時も、胸は高鳴った。

でも、鼓動と共に全身を駆け巡るかのような熱さを感じたのは——これが初めて。

——俺はソラちゃんのことをどう思っているのか。

小柄で、どこか儚《はかな》げで、いつも一生懸命な姿は可愛らしい。

けれど彼女はボランティア委員の仲間であり、俺の教え子であり、今は共に夢へ向かって努力するライバルだ。

〝女の子〟として、なるべく意識しないように努めてきた。

それが俺の責任であり義務だと感じたから。

ただ……逆に言えば、そうして自分を戒める必要があったとも言える。

初めて彼女の〝声の演技〟を聞いた時から、俺は彼女に魅入られていた。

その〝奇跡の声〟とも言える響きに感動し、羨望と——たぶんわずかな嫉妬すら覚えていた。

そして——その才能を磨こうと懸命に努力する姿に、心を打たれた。

心からこの子の夢が叶《かな》って欲しいと……叶えたいと願った。

彼女はきっと俺より早く、ずっと先に行ってしまうと分かっていたけれど、少しでも共に歩みたくて、今は養成所に通っている。

この街に来て一年と少し。

俺が過ごす日々の中心には、いつもソラちゃんがいた。

たとえ会えなくとも、いつも彼女のことを想っていた。

その気持ちの名前はきっと——。

「か、カナタさんは……わたしのこと、どう……思ってますか？」

震える声でソラちゃんは俺に問いかける。

彼女が俺に向ける眼差しを見て、悟った。

同じなのだ、俺とソラちゃんは。

きっと互いに——憧れている。魅入られている。焦がれている。

ならば何を迷うことがある？

ラブソングに挑戦しようと、恋愛と向き合ってみようと決めたところじゃないか。

さっきソラちゃんを見ながら生まれた曲もある。

あれこそが俺の求めていたモノではないのか。

心の内で、感情と音楽に素直な俺がそう叫んでいる。

しかし俺の中にある〝声〟はそれだけではない。


——ソラちゃんのことを考えれば、答えは決まっているはずだ。


俺は奥歯を嚙《か》みしめた。

俺は高校生で、彼女は小学生。

年の差ももちろんあるが、それ以上に俺には曲がりなりにも彼女を導いてきた者の責任がある。

誰よりも彼女の才能の価値を知っている。
彼女がどこまでも飛べることを確信している。
ソラちゃんは今がとても大事な時期だ。
声優になることを第一にして頑張っている。
俺も音楽と声優という二足の草鞋《わらじ》を履いて、前に進もうとしている最中だ。
お互いに別のモノを〝一番〟にする余裕はないはず。
というかこの際、俺自身のことはどうでもいい。
俺はとにかく――邪魔をしたくない。
ソラちゃんが進む道を、阻みたくない。
何よりもこの子のことが大切だから。
ゆえに俺がやるべきことは、果たすべき義務は――かつてエレナが俺にそうしたように
……。

――いや、それでも足りない。

短絡的に結論を出そうとした自分を戒める。
この大事な時期に、ソラちゃんが受け止め切れないようなショックを与えてはいけない。
俺が拒絶したことで彼女が調子を崩し、オーディションが上手くいかなかったら本末転

倒。

しかし、これでは手詰まりだ。

応じても拒絶しても、俺の望みは叶わない。

だとしたら……。

「ありがとう、ソラちゃん」

俺は懸命に笑顔を作り、彼女に言う。

胸が痛い。

たぶん俺は、とても酷いことをしようとしている。

精一杯の告白に対して、最悪な嘘《うそ》を返すことになる。

でも他に道はなかった。

ソラちゃんの〝未来〟を想うのなら、返答はこの一択。

「俺もソラちゃんのことが好きだよ」

笑顔で告げる。

〝大人〟の顔を取り繕って、優しく、柔らかに――〝子供〟に向かって語りかける。

彼女の頭に手を置いて、ポンポンと感謝するように撫《な》でた。

「あ……」

呆然とするソラちゃん。

俺の言葉が決して〝告白の返事〟ではないことに気付いたのだろう。

俺は全力で演じた。

彼女を導く〝立派な〟年上の人間を。

子供からの好意を笑顔で受け流せる――そんな大人を。

告白に対してどんな返事もできないのであれば、それを告白として捉えなければいい。

それはソラちゃんの懸命な告白をなかったことにする最低な対応だ。

分かっている。分かっているけれど……俺には他に選べる道が見つからなかった。

「……そう言ってもらえて、嬉しいです」

ソラちゃんはぎこちなく笑う。

自分の想いが正しく伝わっていないことにがっかりし、同時に少しホッとしているようでもあった。

そうだ、これでいい。

今の告白はなかったことにして、俺たちは今まで通りの関係でいればいい。

進む道も、住む場所も離れ、段々と疎遠になっていくとしても仕方がないことだ。

仕方ない――仕方ない……。

そう自分に言い聞かせる。

必死に大人としての笑顔を保つ。

「これからも応援してる。たとえ……遠くに行っても」

「はい――」

小さく頷くソラちゃん。

「あの、カナタさん……実は今度、プロダクションの人が連絡用のスマホを貸してくれるみたいで……遠くに行ってもお話はできると思います」

「そうなのか――じゃあ困ったことがあったらいつでも連絡して。どんな相談にも乗るからさ」

今後も彼女には大人として、相談役として関わることを伝える。

「ありがとうございます――頼もしいです……！」

礼を言いながらも、彼女の表情には物足りなさそうな色があった。
俺はそれに気付かない振りをして、任せておけと胸を叩く。
大して力は入れていなかったのに、胸の奥まで衝撃が響いた。
まるで体の内側が伽藍堂《がらんどう》になったかのよう。
ソラちゃんの告白が俺の中に広げた熱――それがどこにも残っていない。
取り戻したいと思っても、消し去ったのは俺自身。
後悔など――できるはずもなかった。

第三章　正解はないけれど

1

『――ねえ、聞いてるの？　ねえ、ソウタったら――ねえっ！』

「え――あ、ああ」

パソコンのスピーカーから響くユキの声にハッとし、俺は頷《うなず》く。

だが彼女は画面の向こうから俺をジト目で睨《にら》んでくる。

今はリモート会議中。

ただバンドメンバー全員揃《そろ》っての会議ではなく、今日はユキとの一対一の通話だ。

『聞いてたんなら、どれぐらい掛かりそうか聞かせなさいよ』

ユキに促され、俺は言葉に詰まる。

「…………何の話だったっけ？」

そう問い返すと、彼女は深々と溜息《ためいき》を吐いた。

『はぁ～～～～……またそれ？　あんた、最近変よ？』

「そうか？」

『うん――そんな調子で大丈夫なの？　ライブの日程も決まったのよ？　いい加減、曲を仕上げないとヤバいでしょ』

　不安げな彼女に俺は頷く。

「分かってる――そうだった、新曲の話だったな」

　ようやく俺は話の流れを思い出す。

　新しいジャンルに挑戦する一曲。

　ソラちゃんがこの部屋に来た日――メインメロディはほぼ固まった。

　普段ならその後に作詞をするのだが……。

『そうそう、歌詞はいつ頃になるのかって話よ。今回はあんたが自分で書くって言ったんでしょ？』

　ユキはそう言って俺を睨む。

　彼女が俺を急《せ》かすのは当然だ。メロディができてから一ヵ月。何も進捗がないのだから。

「……なるべく早く完成させる。もう少しだけ待ってくれ」

　俺はそう答えるしかない。

　前のバンドの時から、作曲は基本的に俺がしている。けれど作詞は他のメンバーに任せることも多かった。

　今回も俺が書けないのであれば、皆に委ねる手はある。でも……。

「この曲の歌詞だけは、俺が書きたいんだ」

　そう強く訴える。

この部屋にあの子がいた――まるで幻のような時間。

もう二度と取り戻すことはできないけれど、あの時に感じたものを零《こぼ》さず形にしたい。

胸の痛みがぶりかえすのを感じながら、俺はキッチンの方を横目で見た。

俺は、ソラちゃんの想《おも》いに応えられなかった。

告白に対する返事すらしなかった。

立派な大人の振りをして、彼女の好意を受け流し――告白をなかったことにした。

あの後、ソラちゃんはいつも通りだった。

彼女が持ってきたトランプで少し遊んでから、暗くなる前に駅まで彼女を送っていった。

――上手《うま》くやれたと思う。

ソラちゃんは告白が伝わらなかったことを残念に思っただろうが、ショックは受けていないはず。今は気持ちを切り替えて、レッスンに励んでいるはずだ。

『分かったわよ――書きたいって気持ちがあるのなら、もう何も言わないって。ただ、このまま曲が仕上がらなかったら、ライブのセトリ（セットリスト）には入れないからね？』

やれやれという顔でユキは言う。

「了解――いつも悪いな」

彼女にはいつも編曲をかなり手伝ってもらっているので、俺が遅れるほどにしわ寄せが行ってしまう。

『悪いと思うのなら、最高の曲に仕上げなさい』

苦笑を浮かべてユキは言い、俺たちは会議を終える。

「ふぅ……」

息を吐いて天井を仰ぐ。

ああは言ったが、未《いま》だに歌詞は一行も書けていない。

このメロディに乗せるべき想いの輪郭が摑《つか》めない。

――もしもソラちゃんの告白に応えていたら……自分の想いを偽らなかったら……。

たぶん歌詞は自然と俺の中に溢《あふ》れてきただろう。

そんな気がする。

けれど……後悔はしない。

あれは正しい選択だった。

きっと――。

2

「夏休みね、エレナお姉ちゃんがまた児童館のレクリエーションに来てくれるんだって――」

「へえ、そうなんだ！　楽しみだね」

「うん！　しのぶとソラお姉ちゃんはアシスタントだから、張り切って準備してるの！

あ……でも、ソラお姉ちゃんね、ちょっと頑張り過ぎてて――疲れてないか心配なの……」

養成所から帰る電車の中、そんな会話が聞こえてきて俺は薄目を開けた。

空いている車内のボックス席に座るのは、俺と美沙貴《みさき》ちゃん、東雲《しののめ》さん、忍《しのぶ》ちゃんの四人。

「ソラさん……ただでさえお忙しそうですものね」

「この前会った時、ちょっと調子悪そうだったのもそれが原因かなぁ」

東雲さんと美沙貴ちゃんが気になることを話している。

中級クラスの彼女たちと帰りが同じなのは、俺も先日昇級したからだ。

美沙貴ちゃんたちはジュニアコースなので、同じ中級クラスでもレッスン日が違うことは多い。だが今日は一般コースと共通の特別講義だったため、行き帰りを共にしていた。

特別講義とは現役の声優や業界関係者が臨時講師として行うもの。

今日の講師は俺でも昔から名前を知っているベテラン中のベテラン声優だったので、非常にためになった。

穂高《ほだか》さんはその声優のファンだったらしく、今回昇級を逃したことをとても悔しがっていた。

だが彼女は必ず追いつくからと笑顔で宣言し、前向きに努力を続けている。

「ソラお姉ちゃん……学校で見かけた時ね、何だか元気がない気がしたの」

忍ちゃんの声だ。

どうやら俺はいつの間にか寝てしまっていたらしい。

歌詞を捻《ひね》り出《だ》すために徹夜をしたため、疲労が溜《た》まっていたのだろう。

しかも結局、一行も書けていない。

「プロダクションの所属になって——オーディションも控えていて、プレッシャーも大きいのかもしれません。ですが、少し心配ですわね」

東雲さんが憂いを口にすると、美沙貴ちゃんが声を上げる。

「やっぱり放っておけないよ！　今度遊びに誘って、悩みがあるなら聞いてあげるとかどう？」

「いい考えですわね。休みのスケジュールが上手く合うか不安ですが……」

東雲さんが美沙貴ちゃんの案に賛成した。

——ソラちゃん、不調なのか……。

とても心配だ。

脳裏を過《よ》ぎるのは、先日の〝告白〟。

だが俺は彼女の夢を邪魔しないために——そして彼女を傷付けないように、〝大人〟として対応することで告白自体を有耶無耶《うやむや》にした。

それはあの状況において唯一の正解だったはず。

——東雲さんが言うように、忙しくて疲れているんだろう。でも……もしも俺が原因だったら……。

上手くやれたと思っていた。けれどそうじゃなかったのかもしれない。

そんな想いが湧き上がってきて、不安が膨らむ。

「しのぶがソラお姉ちゃんに聞いてみるの！　ボランティアをしてる日なら児童館に行けば会えるはずなの！」

スケジュール調整を買って出る忍ちゃん。

一先《ひとま》ずここは彼女たちに任せてみようと、俺は目を閉じて寝たふりをする。だが――。

「では藤波《ふじなみ》先輩にも声を掛けますわよね？」

東雲さんの言葉に俺はギクリとした。

俺もソラちゃんのことは心配だ。できるなら一緒に行きたい。

しかし原因によっては……俺がいることで逆効果になりかねない。

「待って紫苑《しおん》、それはねー……ちょっと止《や》めておいた方がいいんじゃないかなー」

だが俺の代わりに美沙貴ちゃんが異議を唱えてくれる。

「どうしてですの？」

「だって――うーん、まあ、その……ソラちゃんの悩みの種類によるけどさ。カナ兄がいない方が話しやすいこともあるでしょ？」

「確かに……男性には言《い》い辛《づら》いことがあるかもしれませんわ」

同意する東雲さんだったが、美沙貴ちゃんは何かを察している雰囲気があった。

観察眼が鋭い美沙貴ちゃんなら、ソラちゃんの不調の原因に気付いていてもおかしくはない。

「えー、お兄ちゃんがいた方が楽しいのにー」

忍ちゃんは不満そうだったが、女子会の方向で話は進んでいった。

しばらくすると再び眠気がやってくる。

——ソラちゃん。

どうか調子を取り戻して欲しい。

どうか……どうか——。

3

梅雨が明け、また夏が来る。

「奏太《かなた》さんっ！　今度のライブ行きます……！　応援してます！」

一学期の終業式後、俺は校舎の入り口でファンの子に囲まれていた。

「ああ——ありがとう。楽しみにしててくれ」

俺は皆に笑顔を返し、足早に学校を出る。

だが俺の内心は焦りに満ちていた。

——ヤバい。本当に歌詞が浮かばない。

新曲を仕上げる期限はもうすぐ。

早々に何とかしなければ、ライブで新曲を披露することは叶《かな》わなくなってしまう。

声のことを除けば、ここまでのスランプは初めてだった。

夜を徹して作業をしても、書いては消しての繰り返し。

この曲を大切にしたいのに――最高のものにしたいのに、まったく形にならない。

「無理……かもな」

ついに弱音が口から零れ出る。

歌詞を考えていると、いつの間にかソラちゃんのことを想っている。

調子は戻っただろうか。もう泣いてはいないだろうか。

ソラちゃんのことで頭がいっぱいになり、手が止まる。

――美沙貴ちゃんたちがソラちゃんを遊びに誘うって言ってたけど……。

俺は誘われていないため、それが実現したかどうかも聞いていない。

ちょっとでも元気になってくれていることを願いながら、俺は駅に向かった。

雛野《ひなの》駅の改札前には穂高さんが待っていて――俺を見つけて手を振る。

今日は養成所のレッスンはない。

そうした日は穂高さんと劇団の練習に参加しに行くことが多く、今日もそのために待ち合わせしたのだが……。

「ど、どうしたの藤波くん？　目の下、すっごい隈《くま》よ？」

会うなり穂高さんに心配されてしまう。

「ちょっと寝不足で——曲作りで詰まってるというか……」

俺は苦笑いで答える。

「そうなんだ……うーん……」

すると穂高さんは腕を組んで考え込む。

「穂高さん？」

どうしたのかと声を掛けると、彼女は笑みを浮かべてこう言った。

「藤波くん——やっぱり劇団に行くのはやめときましょう」

「え？」

驚く俺の手を摑み、彼女は歩き出す。

「今日はパーッと遊ぶわよ。たまには息抜きも必要だもの」

「いや——俺を気遣ってくれるのは嬉《うれ》しいけど、穂高さんの練習時間まで奪うわけには……」

「大丈夫、今はそんなに切羽詰まってないから。実はね——指定校推薦の枠をゲットできたのよ。願書を出すのはまだ先だけど、大学の方はもうほぼ決まりみたいな感じ」

嬉しそうに穂高さんは語る。

「おおー、おめでとう。すごいな」

校内での推薦枠は限られているので、その競争を勝ち抜けるぐらいの勉強をし、期末試験《い》で良い成績を残せたのだろう。

「ふふっ、ありがとう。一つ肩の荷が下りたから、私も思いっきり遊びたい気分なの。付き合ってくれる？」

そう言われたら断る理由はない。

「分かった――」

穂高さんと一緒なら気持ちを切り替えられるはず。

彼女の申し出に胸の内で感謝しながら、俺たちは太陽が照り付ける街中に繰り出した。


ボウリングやゲームセンターで遊び、喫茶店で少し休憩してから書店やファッションビルなどを巡る。

あっという間に時間は過ぎ、気付くと空は茜色《あかねいろ》。

重く沈んでいた気持ちは軽くなり、いつの間にか自然に穂高さんと笑い合っていた。

「ちょっとそこのコンビニで飲み物買っていかない？」

「ああ――喉が渇いたしな」

穂高さんの提案に俺は頷き、二人でコンビニに入る。

そのままドリンクのコーナーに向かおうとした時、店の外を見知った一団が通り過ぎた。

「っ――」

驚いて立ち止まる。

美沙貴ちゃん、東雲さん、忍ちゃん——そしてソラちゃん。

小中学生の四人が、楽しそうに会話しながら歩いていた。

俺たちの間にはガラス窓が一枚あるだけでかなりの至近距離だったが、彼女たちは俺には気付かず遠ざかっていく。

ソラちゃんを誘って遊びに行くというのは今日だったらしい。

終業式で早めに学校が終わるので、全員の予定を合わせやすかったのだろう。

「どうしたの？　あ——ソラちゃんたちじゃない！」

こちらを振り向いた穂高さんが、俺の視線を追って言う。

「……そうだな」

もうソラちゃんの表情は見えないが、すれ違う瞬間に見えた彼女は笑っていたように思う。

不調だという話だったが、皆と遊んで元気が出たのかもしれない。

——結局、原因は何だったんだろう。

とても気になるが、俺自身が原因である可能性もあるので、軽々しく彼女に声は掛けられない。

アスファルトから立ち上る熱気で生じる陽炎《かげろう》。その中に、彼女の背中がゆらりと消えていく。

「あ、藤波くん――また暗い顔してる。せっかく元気になったと思ったのに……」

俺の顔を見て穂高さんは眉を寄せた。

「え？　いや、そんなことはないって」

俺は慌てて笑みを浮かべてみせるが、穂高さんは複雑な表情で溜息を吐き、ちらりとソラちゃんたちが歩いていった方を見た。

「よし――藤波くん、ここからは単なる気晴らしじゃなく……ちゃんとしたデートにしましょう」

「え？」

戸惑う俺に彼女は笑いかける。

「ああ、心配しなくても大丈夫よ。街中でイチャイチャするようなことはしないから。ファンの子たちに見られたら大変だものね」

そう言いながら穂高さんは俺を促す。

「飲み物を買ったら公園に行きましょ。あそこ広いし、人も少ないから」

「あ、ああ」

勢いに押されるまま、俺は首を縦に振っていた。

この辺りで公園と言えば、城回りにある城郭公園しかない。

公園の一角には、俺がボランティア委員として通っていた児童館もある。

だが穂高さんが俺を連れて向かったのは児童館があるのとは反対側。

城を間近から見上げられる堀沿いの道。

一定の間隔でベンチが設置されており、俺と穂高さんは空《あ》いている場所を見つけて腰を下ろした。

「ふふっ――」

ベンチはそれなりに幅があるのだが、穂高さんは微笑《ほほえ》みながら肩が触れ合うぐらいまで体を寄せてくる。

「……ちょっと近すぎる気がするんだが」

「いいじゃない。ここなら人目もほとんどないし」

そう言うと彼女は正面に目を向けた。

堀に満ちる水は凪《な》ぎ、魚の動きで時折生じる小さな波紋が水面を揺らす。

静かな時間が過ぎる中、俺はふと思い出す。

「そうだ――穂高さん、これ」

俺が鞄《かばん》から取り出した物を見て、彼女は首を傾《かし》げた。

「えっと……チケット？」

「そう、俺の――Light Momentの初ライブチケット。この前出来上がったから、穂高さんたちには直接会った時に渡そうと思ってたんだ」

当然美沙貴ちゃんや東雲さん、忍ちゃんの分もある。

ソラちゃんの分に関しては――汀《なぎさ》さんに預けようかと悩んでいた。

「い、いいの？　タダでもらっちゃって……」

「ああ、というか予定もあるだろうし――場所も遠いし、時間があればで大丈夫だよ」

絶対に来てくれというわけじゃないと俺は念を押しておく。

「確かにこの辺り何か予定があったような……うーん、無理だったらごめんね？」

「大丈夫。たぶんまた何度も機会はあるだろうし」

俺はそう言ってから、苦笑を浮かべる。

「それに……このライブに向けて作ってる新曲も、完成するか分からないから」

「あー……曲作りが上手くいってないんだったわね。ホントに切羽詰まってるんだ……」

穂高さんはチケットに記されたライブの日程を見て、深刻そうに呟《つぶや》く。

そして、しばらく考える素振りを見せた後――うーんと大きく伸びをした。

「――人間ってさ、同時にできることには限りがあると思うのよ」

凪いだ堀の水面を眺めながら穂高さんは呟く。

「何の話だ？」

「んー……人生全般について？　私だったら大学受験と声優養成所の二つで手一杯。恋愛ですら手が回らないから――告白の答えだって待ってもらったし」

彼女の言葉に息を呑《の》む。

あの告白について穂高さんが話題に出したのは、あれから初めてのことだったから。

「藤波くんは、いくつが限界？」

「——俺も、似たようなものだよ。音楽活動と養成所通い——これにほとんどの時間を費やしてる。一応、大学受験も諦めたわけじゃないけど……学校での勉強以外には時間を割けてない」

学校の授業は真剣に取り組んでいるので、成績自体は悪くない。ただ受験で背伸びができるほどの余裕はなかった。

無理をせずに現在の学力で入れそうな大学を探し、そこで音楽活動と声優の勉強を並行するのも悪くはないのでは——と今のところは考えている。

「ふふっ、藤波くんみたいな人でもそうなんだ。だったらやっぱり、藤波くんが調子悪いのって……今言った以外の何かでキャパオーバーになっちゃってるんじゃない？」

「っ……」

穂高さんの言葉は図星を突いていた。

確かに今の俺は——ソラちゃんのことで頭がいっぱいになってしまっている。

「あ、藤波くんの悩みが何かを詮索するつもりはないからね。私に相談する気はなさそうだし、だとしたら相談できない悩みってことなんでしょ」

明るく笑う穂高さん。

出会って一年程度なのに、ひょっとしたらバンドメンバーの幼馴染《おさななじみ》たちより俺のことを把握されている気がした。

「悪い……」

これだけ親切にしてもらっているのに、相談できないことを俺は謝る。

「いいっていいって。たださ——藤波くんの悩みが分からなくても、私なら何とかできるかもしれないって思うんだ」

「え？」

戸惑う俺の方に顔を向け、穂高さんは言う。

「今、藤波くんを困らせてる大きくて重い悩みを——とっても楽しいコトで上書きしちゃおうかなって」

悪戯《いたずら》っぽく笑った彼女だったが、すぐに真剣な表情になって言葉を続けた。

「藤波くん——私と付き合わない？　そしたら辛いことも、悩んでいることも、全部過去になるぐらい毎日が楽しくなると思うわよ？」

以前は保留にされた〝告白〟。

それを穂高さんは正面から俺にぶつけた。

進路がある程度決まって余裕ができたら、改めて告白すると彼女は言っていた。

てっきりもっと先のことかと思っていたが、進学先がほぼ決まったのなら、その条件は満たされたと言える。

　ただ、俺としてはもっとじっくり時間を掛けて考えるつもりだったので――前もって答えを用意しているはずもない。

「藤波くんがそれだけ悩むのなら、たぶん解決はすっごく難しいことなのよね？　ならもう他のことで悩みを忘れるしかないでしょ。同時にできることには限りがあるんだし――私と付き合えば悩んでいる暇もなくなるわ」

　そう語った穂高さんは人差し指を立てて付け加える。

「キャパオーバーについても大丈夫。私は藤波くんの音楽活動や養成所通いの〝隙間〟にスルッと入り込んでみせるから。ちょっとした合間を見つけて、今日みたいにデートをしましょ」

　にこりと彼女は笑い、俺の目を見つめた。

「えっと……」

　言葉に詰まりながら、自分の内にある想いを探る。

　じんわりと胸が温かい。

　穂高さんの想いに触れ、悩んで固くなっていた心が解きほぐされていくのを感じる。

　――好き、ではあるんだと思う。

　俺は穂高さんに好意を持っている。

　その笑顔も、心も眩《まぶ》しくて――まるで太陽のよう。

この告白を〝断らなければならない〟理由は、たぶん存在しない。

穂高さんは進路が一応決まったので余裕があるし、彼女となら他の活動と並行して上手く付き合っていける気がする。

同級生で年の差もない。

お互い今年で十八なので〝大人同士〟として付き合える。

新たな人生経験を積むことで、音楽活動や声優としての演技にもいい影響があるだろう。

あと単純に穂高さんはとても魅力的で、こうして傍《そば》にいると抱きしめたい衝動にも駆られる。

男としてこの女性が欲しいと本能が訴えていた。

しかし――。

脳裏に一人の少女の笑顔が過ぎる。

澄んだ空のように綺麗《きれい》で、儚《はかな》げな微笑み――それに重なるのは、俺に告白した時の懸命で必死な表情。

今も俺はソラちゃんのことを考えている。

確かにこの感情も、悩みも、穂高さんと付き合えば薄れていくのだろう。

だけど……。

「……ごめん」

俺は絞り出すように穂高さんに謝っていた。

「どうしてか——聞いていい？　やっぱり私じゃダメ？」

悲しそうに彼女が訊《たず》ねてくる。

「いや、ダメじゃない！　ダメじゃないけど——〝まだ〟なんだ」

俺は自分の胸に手を当て、上手く形にできない想いを吐き出す。

「この悩みを……まだ、消したくない。こんなに気晴らしに付き合ってもらったのに——すごく申し訳ないけど、今それに気付いたんだ。消したら後悔する——消しちゃ……いけないんだ」

少なくとも、曲として形にするまでは。

これだけ行き詰まっているのに、違う曲を作ろうとしないのも同じ理由。

彼女への想いを、彼女との日々を、あの時に作ったメロディに乗せて歌いたい。

たとえそれが自ら遠ざけ、取りこぼしてしまったものでも——もう二度と取り戻せないと分かっていても。

それが今、俺の中にある最も強い衝動だった。

「まだ……か」

苦笑を浮かべる穂高さん。

「あーあ、急ぎすぎちゃったかなぁ。物事にはタイミングってあるものね」

頭を掻《か》きながら言う彼女だったが、その声は少し震えている。

確かにタイミングだったのかもしれない。

今の悩みに何らかの形で決着がついた後だったなら、俺はきっと――。

「ごめん、穂高さん」

俺はもう一度、彼女の目を見て謝った。

「あはは――謝らなくていいって。たぶん、何だろう――私さ、推薦枠を取れたから調子に乗ってたのよ。藤波くんのためって言いながら、自分のコトを考えてた」

穂高さんは気持ちを落ち着けるように一度深呼吸をしてから、抑えた声音で言葉を続ける。

「だから、私もごめん。だけどね――断られた理由が〝まだ〟ってことなら、私も〝まだ〟諦めないから」

決意の色を瞳に浮かべた彼女は、そう宣言した。

「それでも……いいわよね？　藤波くん？」

上目遣いで問いかけられ、俺は半ば反射的に頷く。

「あ、ああ――」

「やったっ……！　じゃあ、とりあえず今日のデートはここでお開きってことで！　でも、また懲りずに誘うからっ！」

そう言うと彼女はベンチから立ち上がり、俺に小さく手を振る。

「……了解」

俺が手を振り返すと、彼女は笑みを浮かべてから背を向けた。

歩き去っていく彼女を俺はその姿が見えなくなるまで眺める。

そして彼女が道の向こうに消えたところで、俺は大きく息を吐いた。

「はぁ――」

今さらながらに自己嫌悪に陥る。

あんなに俺を想ってくれた人の告白に応えられなかった。

いったい自分は何をやっているんだと、額を押さえる。

ソラちゃんの告白を受け流して、穂高さんも傷付けて――代わりに得たものは何もない。

新曲を形にしたいというのは揺るぎない想いだが、それができるかどうかは別の話。

もしかするとこの先、一生を懸けてもこの曲は完成せず……俺は自分の選択を後悔することになるのかもしれない。

そんな未来を想像して暗い気持ちになっていた時、真後ろから声が聞こえた。

「なーんか、前にもこんなことあったよなー。キミと彼女の言い合いを目撃してしまうのは、これで二度目だよ」

「っ⁉」

驚いて立ち上がり、ベンチの後ろを振り向く。

堀沿いの道の脇は緑地になっており、ベンチを木陰で覆いつくすぐらいの大きな木が生えている。

その幹に背中を預け、複雑そうな顔でこちらを見ているのは——俺のよく知る人物だった。

柄物のシャツを着た派手な出で立《いた》ちと天然物の赤い髪は、間違えようがない。

「エレナ——何で……」

呆然《ぼうぜん》と呟く。

南《みなみ》エレナ——若くして世界的に知られたアニメクリエイター。Eternal Red 時代からの知り合いであり……俺の初恋の相手。

去年は彼女の作る個人制作アニメにソラちゃんたちと共に関わった。

現在は自分のスタジオを立ち上げ、新作アニメ映画を制作中のはずだ。

「今は帰省中でね——来週、児童館で子供向けのイベントをやるから、その打ち合わせに来たんだよ」

肩を竦《すく》めて答え、俺の前まで歩いてくるエレナ。

そういえば忍ちゃんたちがそのようなことを話していた気がする。

「いや……だとしても、どうしてここに？　児童館があるのは、公園の反対側だろ」

先ほどの話を全て聞かれていたのかと、変な汗が出るのを感じながら問う。

「この辺りはアタシのお気に入りの場所なのさ。考えごとをする時とか、よくここのベンチに座ってた。今日もイベントのプランを纏《まと》めようかなって来てみたら……キミたちがチケットを受け渡しているのを見かけて――」

「ほとんど最初からじゃないか……」

俺は額を押さえる。

「で――その後、何だか真剣な話を始めたみたいだったから、邪魔しちゃ悪いかなって後ろを通ろうとしたんだけど……」

そこで彼女は少し気まずそうに視線を逸《そ》らした。

俺は溜息を吐く。

「気になって、つい聞き耳を立てたってことか」

好奇心旺盛なこいつが、面白そうな出来事を前にスルーできるはずもない。彼女に見つかった時点で運の尽きだ。

「あははは――まあ、そういうことさ。いやー、もうこうなったら遠慮なく聞いちゃうけどさ、どうして彼女の告白を断っちゃったんだい？　いまいちキミの語った理由が理解できなかったんだけど」

話を最初から聞いていたとしても、分からなくて当然だろう。

というかこいつはその疑問を解消するために、あえて俺に声を掛けたに違いない。

「何でそれをお前に説明しなきゃいけないんだよ？」

「確かにキミに説明する義務はないね。でも、こうしてせっかく出会えたんだ。お姉さんに相談してみるつもりはないかい？」

大人っぽさをアピールしているのか、髪を指で搔き上げる仕草をするエレナ。

「相談することなんて――」

反射的に否定しかけたところで、ふと思う。

――俺はソラちゃんの告白を有耶無耶にした。だけどそもそも〝受け入れることができなかった理由〟は、エレナと同じだ。

エレナは俺をフッた後、どんな気持ちだったのだろう。

それがとても気になった。

穂高さんに言ったように、今の悩みを解消したいわけではない。

ただ、知りたいのだ。

そうすれば悩みとの向き合い方が見えてくるかもしれないから。

「……………誰にも口外しないって約束できるか？」

考えた末、問いかけた。

「もちろんもちろん！」

「週刊誌にも売るなよ？」

「アタシを何だと思ってるのさ」

頰を膨らませてエレナは抗議した。

「冗談だよ。実は──」

俺は首を横に振り、これまでのことを語り始める。

もちろんプライバシーもあるので、ソラちゃんの名前は出さず──年下の親しい女の子に告白されたが、彼女の夢を邪魔したくなくて、そして傷付けたくもなくて……〝大人〟の態度を演じ、告白を受け流したこと。

その後から不調で新曲の歌詞が書けないこと。

だが意地でもその曲を形にしたいという想いがあり、その悩みを消したくはなくて穂高さんの告白を受け入れることができなかったこと──を順に話す。

それを聞いたエレナは苦笑を浮かべて頷いた。

「ああ、それで〝まだ〟ダメとか言ってたのか。キミもつくづくクリエイター気質だねぇ」

疑問が解けたという様子で呟いた彼女は、遠い目で堀の方を見る。

「それにしてもあのソラが告白なんてね。アタシが出会った時は小学生になったばかりだったのに──キミもこんなに大きくなっちゃうし、年月が過ぎるのは早いもんだ」

しみじみと呟くエレナ。

「ああ……って──何で告白したのがソラちゃんだって断定してるんだよ？」

名前は出さなかったはずだと俺は慌てながら問いかける。

「え？　違うのかい？　キミがそこまで大切に扱う相手は、ソラぐらいだと思ったんだが……キミはソラの〝才能〟に対して過保護だもの。だからキミ自身も触れられない。傷付けられない。他の子の場合、キミはもっと貪欲になる気がするんだよなー」

「ぐ——」

言葉に詰まる。

相変わらず感性が鋭いというか、他人に対する理解力が常人離れしている。

こうした才能も彼女が一流たり得る要因の一つ。

そして——彼女の指摘にすぐ反論できなかった時点で、もはや白状したも同然だった。

「……正解だよ」

俺は諦めて告げる。

「やっぱりねー。じゃあその上で質問なんだけど、もしかしてソラもかなり調子を崩してないかい？」

鋭い眼差《まなざ》しで問いかけてくるエレナに、俺は頷き返す。

「……調子は悪いみたいだ。美沙貴ちゃんたちはそう言ってた」

するとエレナは大きく息を吐く。

「はぁー……」

「エレナ？」

不穏な気配を感じて声を掛けると、彼女はジロリと俺を睨んだ。

射すくめられるような眼差し。瞳に宿るのは燃えるような激情の色。

「言いたいことは色々あるが……まずはコレだな。いいか？　避けるなよ？」

そう言って彼女は腕を振り被《かぶ》った。

避けるも何も、反応する暇はなかった。

パンッと乾いた音が鳴り、左の頬に熱さと痛みを覚える。

「っ――⁉」

平手打ちされたのだと理解し、呆然とする俺に、エレナは怒声を放った。

「ソラを――アタシの妹分をナメんなっ！　あの子はキミが思っているような〝子供〟じゃねぇッ‼」

彼女の怒気に当てられて体が竦む。

「キミが〝大人〟を演じたことなんて、ソラにはきっとお見通しだよ。見破るとか、そういうことじゃなくて〝感じ取ってる〟。そういう敏感な子だ」

「じゃあ……俺のしたことは……」

頬がじんじんするのを感じながら呟く。

「ああ、ソラからすれば断られたのとさほど変わらない。そりゃ落ち込んで調子も落ちるさ」

「………………」

あの時のソラちゃんに、大きなショックを受けたような様子はなかった。

だがエレナの言うことが本当なら、ソラちゃんの方が俺に合わせてくれたことになる。

「あのなぁ……そんな顔をするぐらいなら——そこまでソラのことが大切なら、自分の手で守ればいいじゃねーか」

呆《あき》れたように言うエレナ。

「それは——できない」

俺は首を横に振る。

「どうして?」

「どうしてって……エレナだって同じようなことをしただろ?」

エレナはかつて俺のことはタイプじゃないと言ったが、それはアニメ制作に集中していたいから吐いた嘘《うそ》だった。

そしてその嘘は、同時に俺の夢も守ってくれた。

互いのための嘘。

有耶無耶にしたか、きっぱりと断ったかの違いはあるが……行動原理は同じはず。

ソラちゃんのことを——彼女の夢の実現を第一に考えれば、告白を受け入れるという選択肢だけはない。

俺のことを想う暇など彼女にはないし、売れっ子声優になれば親しい男性の存在はスキャンダルの種にもなる。

嘘を吐いてでも現状維持を試みたこと自体は、間違っていないはずなのだ。

「ああ……そういうことか。ようやく合点《がてん》がいったよ」

しかしエレナは呆れた表情で額を押さえる。

「つまりキミは——アタシの真似《まね》をしたってことか」

「……………ああ、まあな」

彼女の咎《とが》めるような口ぶりに、俺は眉根を寄せた。

まだ——頬がじんじんしている。

「全く……根本的なことが分かってない。けどアタシにも責任はあるんだろうし——仕方ないから余計なお節介を焼いてやるよ」

腰に手を当て、エレナは俺を睨む。

「よく聞け——これは当然のことだけど、キミは分かってない。キミはアタシじゃないし——ソラはかつてのキミじゃないんだぜ？」

「そんなことは……」

「分かってるか？　本当に？　じゃあ昔、キミがアタシに振られた時はどうだった？　すぐに気持ちを切り替えて、音楽に没頭できただろ？　アタシも同じくアニメ作りに集中できた。今、キミとソラがそうなっていないのは何でだ？」

俺に詰め寄り、強い口調でエレナは問いをぶつけてくる。

「——————」

答えられなかった。

同じことをしたのに、似たような結果になっていない。それはつまり……。

「…………俺は、何か間違ったのか？」

そう問い返すと、エレナは表情を少し緩める。

「いや、別に正解も不正解もないさ。キミはソラのことを想って、最善だと考えた選択肢を選んだんだろう。ただその時、過去に似た経験をしたことがあったせいで——見えなくなっていたものがあっただけだ」

優しい口調で彼女は語った。

「見えなくなっていたもの……」

「ソラとキミ自身の想い——気持ちの強さだよ。アタシはキミのことがわりとタイプだったけど、アニメに集中したくて告白をはぐらかした。キミの方にもそこまで強い気持ちというか、決意のようなものは見えなかった」

「……確かに、あれは気の迷いだったのかもしれないとその後に思ったよ」

俺がそう言うとエレナは笑う。

「だろ？　だからお互いすぐ平常心に戻れた。でもソラの告白はどうだった？　そんな軽いものだったか？」

俺は首を横に振る。

「——違う」

悩みに悩み抜いて、強い決意をした上で、ソラちゃんは俺に想いを伝えてくれたのだと思う。

「うん、だったらキミの方はどうだい？」

「…………」

胸の中で蟠《わだかま》る懊悩《おうのう》。その大きさがもう答えだと言えた。

「よし——これで分かったみたいだな」

エレナは苦笑を浮かべ、先ほど叩《たた》いた俺の頬に今度は優しく触れる。

「叩いて悪かった。でも、どうしてもキミの目を覚ましてやりたくてさ。つまり、アタシの真似をするにしては——二人とも〝手遅れ〟だったんだよ」

そっと俺の頬を撫《な》でて謝るエレナ。

「手遅れ……か」

それは俺とソラちゃんの状態を表すのに最も適当な言葉に思えた。

ソラちゃんが養成所で調子が悪かったり、俺が曲の歌詞を書けなくなったり——そういう影響が出ている時点で、俺たちは互いのことを〝一番〟に置いて考えてしまっている。

ならば、やはり俺は間違えたのだろう。

ただ——それが分かっても時間は戻らない。

「ここからどうするかはキミ次第だ。まあ、単にこれ以上具体的なアドバイスが思い浮かばないだけなんだけどさ」

肩を竦めたエレナは、俺から一歩離れる。

「いや……十分助かった。ここからは自分で考えてみる」

これ以上世話になるのは、さすがに情けない。

たとえまた間違うかもしれなくとも……自分が進む道は自分で決めなくては。

「うん、それがいい。じゃあアタシはこの辺りで——」

そう言って立ち去ろうとした彼女だったが、途中でピタリと動きを止めた。

「そうだ——アタシのところにもチケットが届いたよ。サンキューな。Light Moment の初ライブ、楽しみにしてるぜ」

ひらひらと手を振ってから、今度こそエレナは去っていく。

「ああ——期待には必ず応える」

自分自身に刻み込むように、強い口調で宣言する。

エレナは振り返らなかったが、歩きながらもう一度軽く手を振ってくれた。

4

一人でとぼとぼと駅に向かって歩く。

夕陽《ゆうひ》に照らされた頬がジンジンと痛い。

——ちょっとは手加減してくれよな。

この分だと頬が赤くなっているかもしれない。

夕陽がそれを隠してくれているのが、不幸中の幸いだ。

「これから、どうするか……」

声に出してぽつりと呟く。

エレナのおかげで、自分の行動が最善でなかったことは理解できた。

俺とソラちゃんは、いつの間にか〝手遅れ〟になっていたのだと。

しかも俺の〝大人の振り〟は、見透かされていた可能性が高いという。

告白を有耶無耶にした時点で、ソラちゃんを傷付けてしまっていたのかもしれない。

それが不調の原因なら、俺の演技は無意味だった。

なら——あの時、自分の中の想いと衝動に従い、彼女の告白に応じるべきだったのだろうか。

それも……違う気がする。

去年の四月、俺はソラちゃんのレッスンを引き受けた。

俺の出来る限り、彼女を正しく導こうという覚悟をした。

あれから一年と少し経《た》ち、今の俺は彼女の先生役ではないけれど、その覚悟はソラちゃんと関わる上でとても大切なものだという気がしている。

だから、蔑《ないがし》ろにはできない。

見ない振りをしてしまったら、いつまでも罪悪感と後悔を背負う予感があった。

——なら、正解なんてあるのか？

あの時、どうすればよかったのか……これから何をすべきなのか……進むべき〝正しい〟道が見えてこない。

でも一つだけ明確になったことがある。

それは——俺のソラちゃんへの〝想い〟が、とてつもなく大きかったということ。

自分自身では見えなくなるぐらいにその輪郭は巨大で、〝好き〟などという一言では言い表せないぐらい色々な感情が混ぜこぜになっている。

これから何をするにせよ、この〝想い〟を自分で解きほぐし、把握しなければ、進む方向も定まらない。

心の中身を自分自身に、他人にも見える形にする——。

そのための方法は……。

思考に没頭しながら歩く。

雛野駅が近づき、人通りが増えてくる。

その中にいる女子の一団が目に留まった。

「っ……」

ソラちゃんたちだ。

遊び終わって帰る途中なのか、俺と同じく駅に向かって歩いている。

皆、こちらに背を向けているので表情は分からない。
ただ、喧噪《けんそう》に混じって微《かす》かに彼女たちの笑い声が聞こえてきた。
ソラちゃんも笑っているのだろうか。笑えているのだろうか。
分からない。
自分が何をしたいのか、何をすればいいのか、まだ分からない。
でも——。
気付くと俺は早足になっていた。
人波を掻き分け、彼女たちの背中を追いかける。
どくん、どくん——。
心臓の音がうるさい。
何をすべきか分からないのに、体が動く。
今行動しなければならないと、強い衝動が足を急がせる。
そして——ちょうど駅に着いたところで彼女たちに追いついた。
「あれ？　カナ兄《にい》？」
声を掛ける前に、美沙貴ちゃんがこちらを振り向く。
「まあ——藤波先輩も今お帰りですか？」
東雲さんの問いかけに俺は頷いた。
「まあ……な。偶然、皆の背中が見えたから……」

しかし頭の中は真っ白だ。

驚いたようにこちらを見てるソラちゃんの顔を前にして、また間違えてしまったのではないかという焦りを抱く。

「今日は皆で遊んでたの！　すっごく楽しかったね、ソラお姉ちゃん？」

忍ちゃんに問いかけられ、ソラちゃんはぎこちない笑みを浮かべた。

「は、はい……とても――」

そこで会話が途切れ、妙に居心地の悪い沈黙が落ちる。

――いったい俺は何をするつもりで……彼女たちに声を掛けてしまったのだろう。

そう後悔しそうになったところで、思い出す。

彼女たちに用事があったことを。

「そ、そうだ！　皆にこれを渡そうと思ってさ！」

俺は鞄からチケットを取り出す。

「今度やるライブのチケットなんだ。もし時間があれば――。あ、でも、来る時は保護者の人にちゃんと許可を貰《もら》うこと。開始は昼からだけど、場所が遠いから」

そう言って順番にチケットを配る。

「わーっ！　行きたい行きたい！　夏休みの間だから何とかなるよ。ね、紫苑？」

歓声を上げた美沙貴ちゃんが東雲さんの方を見た。

「……わたくしは必ず行かせていただきますわ。もし美沙貴が無理でも置いていきます」

東雲さんは強い口調で断言する。

「お兄ちゃんのライブ……見てみたいの。行けるようにパパとママを説得してみるっ！」

ぐっとチケットを握りしめて忍ちゃんは言う。

そして最後に向き合ったソラちゃんは――。

「え、えっと……」

おどおどしながら彼女は下を向く。

どうやらエレナの見立ては間違ってはいなかったらしい。

どう見てもこれは〝これまで通りの関係〟ではない。

突然現れた俺に対して驚き、平静さを装えないでいる。

ソラちゃんの告白に対する俺の〝大人の対応〟――それを彼女がどう受け取ったにせよ、結局大きなショックを与えてしまっていたようだ。

――俺はどうすれば……。

唯一の正解だと思って選んだ道が誤っていたのなら、もう答えなんて見つからない。

――じゃあ、何で俺はここに来た？

全力で走って、彼女たちを追いかけた理由は――。

そこで一つだけ〝やりたいこと〟が頭に浮かぶ。

正しいかどうかは分からない。

けれど俺はそのために……。

「ソラちゃん――これ」

俺は彼女にもライブのチケットを差し出す。

「あ……」

ソラちゃんは小さく声を漏らし、チケットをじっと見つめた。

これからさらに忙しくなるであろう彼女に、ライブへ来て欲しいとは言えない。

だが――どうにかして、ソラちゃんに〝返事〟をしなければ。

有耶無耶にしてしまった告白の答えを。

俺自身、まだ整理できずにいる大きな想いを形にして――彼女に届けること。

それが今やるべきことであり、俺のやりたいこと。

「今、このライブに向けて作っている曲があるんだ」

「え？」

彼女が顔を上げ、俺を見る。

いつまで経っても歌詞が書けず、完成が遅れている新曲。

詰まっていたのは、自分自身の気持ちを理解できていなかったから。

しかし向き合うべきモノは分かった。

その〝想い〟はとても大きくて、解きほぐすのは簡単ではないだろう。

でも形にしてみせる。

必ず――届けてみせる。

「その曲に乗せて歌うよ。俺の――本当の想いを」


それが俺にできる唯一のこと。

最も歪《ゆが》みなく、俺の気持ちを伝える方法。

別にライブへ来てくれなくてもいい。

いつかどこかで、その曲が彼女の耳に届けば――それでいい。

「カナタさん……」

目を見開き、ソラちゃんはそっとチケットを受け取った。

「ありがとう」

俺は彼女に礼を言い、皆を見回す。

「じゃあ、俺はこれで。皆――またな」

軽く手を振って、俺は足早に改札を通る。

「ばいばーいっ！」

美沙貴ちゃんたちが見送る声を聞きながら、俺は階段を上がり――ちょうど来たばかりの電車に乗り込む。

――早く、帰らないと。
頭の中に想いと言葉が溢れていた。
あれだけ書けずにいた歌詞が、湧き上がるように思い浮かぶ。
それを忘れないようにスマホでメモしつつ、俺は高架線路からの景色を眺める。
太陽はもう山の向こうに消えようとしており、藍色の空には月が輝いていた。
言葉が頭の中でメロディと重なり、歌となる。
タイトルも自然に定まった。
彼女へ贈る曲の名は――。

『ちいさな君と、こえを遠くに』

第四章　ちいさな君へ

1

「――今の演技、どうして声に〝悲しさ〟を込めたの？　尊敬する人に褒められて、嬉《うれ》しがっている場面でしょう？」

美傘《みかさ》プロダクションの声優養成所。その一室――。

数人の選抜者と共にオーディションの予行演習に参加していたソラは、ベテランの女性講師にそう問いかけられた。

「あの……それは――この主人公、ずっと自信がなくて……だから褒められても、すぐには受け入れられないと思ったんです。お世辞かなってまず考えて、少し悲しくなるかなって」

ソラはたどたどしい口調ながらも、自分の考えを頑張って伝える。

「なるほど……確かにその解釈は、決して無理筋ではないわね。けれど、人によって判断が分かれるところだわ。キャラクターではなく、あなた自身の性格に大きく寄っている気もする。〝悲しさ〟を込めるとしても、少し演技を抑えるべきでしょう」

「はい……！　分かりました、気を付けます……！」

講師の指導に頷《うなず》き、ソラは手にしていた台本に急いでメモを書き加える。

そうして予行演習は再開。

終わる頃にはクタクタになっていたソラは、養成所を出るとまっすぐ駅に向かい、冷房の効いた待合室で電車を待つ。

――オーディションの本番は明後日《あさって》……。

椅子に座ると疲れが押し寄せてきて眠くなる。

――今日もたくさん注意されちゃいました……。

最近は、演技の方向性について指摘されることが多い。

自分では意識していないのだが、キャラクターの行動への解釈が悲観的なものに偏ってしまうのだ。

それはたぶん、自分自身がずっと暗い気持ちだから。

こんな有様《ありさま》で本番のオーディションは大丈夫だろうかと、とても不安になる。

――明日のレッスンはお休み……。

オーディションに備えてしっかり休むよう言われている。

だが明日は一つ大きなイベントがあった。

鞄《かばん》の中にあるファイルから、一枚のチケットを取り出す。

「カナタさんのライブ……」

休みなので行こうと思えば行ける。

けれど……見に行って、彼の歌を聴いたら——今以上に悲しい気持ちになってしまうかもしれない。

自分の不調の原因は分かっていた。

彼へ向けた想《おも》いが届かなかったこと。

必死に、全力で絞り出した〝告白〟をさらりと流されてしまったこと。

結局——自分は彼にとって〝子供〟でしかなかった。

——大好きって言葉には、好きって返してもらえた……。

だけどそれは、お母さんが言うような〝好き〟と同じようなもの。

断られてもいいと、覚悟していたつもりだった。

でも……そんな段階にすら進めなかった。

——カナタさんは、わたしのことを想って……ああいう言い方をしたのかも。

そういう考えも過《よ》ぎるけれど、結局それも子供扱い。

〝一人の女の子〟としてきっぱりフラれていた方が、心の整理ができていただろう。

だって……きっと無理だと思っていたから。

覚悟はしていたつもりだったから。

それでも言わずにはいられなかった。

どうしても伝えたかった。

だから——告白できただけで、満足すべきなんだと分かっている。

オーディションが迫っているのに、ウジウジしていられない。
なのに……いつまで経《た》っても元気が出ない。
ふとすると彼のことを考えている。

『その曲に乗せて歌うよ。俺の――本当の想いを』

それはこのチケットを渡す時に彼が言った言葉。
いったいどういう意味なのか。
淡い期待を抱いてしまいそうになるけれど、たぶん勘違いだと首を横に振る。
でも……。
「カナタさんの歌……聴きたいな……」
ぽつりと想いが呟《つぶや》きになって零《こぼ》れた。
たとえ、ただ悲しくなるだけだとしても。
それでも、聴きたい。
彼の歌を――彼の声を――。
その衝動を抑えることなど、彼女にはできなかった。

2

記念すべきLight Moment初ライブの会場は、東京にある中規模のライブハウス。前のバンドが人気だったとはいえ、インディーズで再スタートしたばかりの俺たちが最初に演奏する場所としては、少しばかり大きいハコだ。

事務所には今後復帰予定だが、今はまだ頼れないのでプロモーションは自分たちで頑張るしかない。

告知用PVを作ったり、個々人で宣伝をしたりして、何とかチケットは完売。

ライブ当日——リハを終えた俺は控室で開場の時を待っていた。

テルとマッキーがお手洗いで席を外しているため、控室にいるのは俺とユキの二人だけ。

「なあ、ユキ」

「何よ?」

スマホを弄《いじ》っていた彼女は、顔を上げてこちらを見る。

「前にさ、何か声優になってやりたいことがあるのかって俺に聞いただろ?」

「……ああー、あの時は変な空気にしちゃって悪かったわね。別に責めるつもりはなかったのよ。というかライブ前なんだし、そっちの話はやめときましょ」

ぽりぽりと頬を掻《か》いてユキは謝る。

「いや、ライブ前だから改めて話しておきたいんだ。今日、あの新曲を歌うからこそ——さ」

俺がそう言うとユキが小さく笑う。

「ああそういうこと……あの曲が〝証明〟ってわけね。まあ大体分かった気はするけど、あんたの話も聞いてあげる」

「サンキュー」

俺は礼を言い、コンクリートが剝《む》き出《だ》しの天井を見上げた、

「今の俺の声を──初めての演技を、凄《すご》いって……プロの声優みたいだって言ってくれた子がいるんだ」

ユキは黙って俺の話に耳を傾けてくれる。

「でも俺からすればその子の方が凄い才能を持っていて、俺なんかアッと言う間に置き去りにして遠くへ行ってしまうんだろうなって思ってた」

それはソラちゃんと出会い、レッスンをしていた頃に考えていた事。

「事実、その子はどんどん成長して──俺が教えてあげられることは何もなくなった。だけど、それでもその子は、俺の声優としての演技を〝凄い〟と言ってくれる。だったら──試さず終わることなんてできない」

俺は視線をユキの方に戻して続ける。

「たとえ俺が自分の才能を信じられなくても、俺より凄い子が信じてくれているのなら、〝ある〟と信じて努力したい。だから何ていうか……その才能を探し出すためにレッスンを積むことが──養成所に通う目的なんだよ」

ようやく上手《うま》く言語化できた。

話を聞いていたユキは、小さく息を吐く。

「努力することが目的——か。まあその成果を〝歌〟で見せられたら、私としてはもう納得するしかないわね」

「はは——そんなつもりは一切なかったんだけどな。結果として、養成所でのレッスンが曲作りにも活《い》きたってだけだ」

俺は苦笑を浮かべて言う。

「声優については、あくまでその世界で……俺はあの子に追いつきたい。いつになるかは分からないから、これからもずっと音楽活動と並行することになると思う。迷惑かけて……悪いな」

今後のスタンスについて語ると、ユキは肩を竦《すく》めた。

「いいわよ、別に。今回の新曲を聞いた時点で覚悟はできてるから。好きなようにやりなさい。ただ……今回の歌詞さ……あれってやっぱり、今の話に出てきた〝あの子〟に向けての……」

妙にモジモジしている彼女を見て、俺は首を傾《かし》げる。

「何だ？」

「だ、だからさ——その——」

なかなか言葉が続かないユキ。

そこで控室の扉が開く。

「……そろそろ入っていいか？」

マッキーがゆっくりと部屋に入ってきて、その後に苦笑い気味のテルが続く。

「邪魔しない方がよさそうな雰囲気だったから、ちょっと待ってたんだが……さすがに本番の時間もあるからさ」

どうやら空気を読んで部屋の前で待っていてくれたらしい。

「なっ……へ、変な気を遣ってんじゃないわよ！」

顔を真っ赤にしてユキは言う。

――どちらかと言えば、内心を語っていた俺が恥ずかしがるところじゃないのか？

そこを不思議に思いつつ、俺は二人に感謝する。

「二人ともありがとな」

胸のつかえは取れ、あとはライブに集中するだけ。

あの子が来ているかどうかは分からない。

だけど、とにかく全力で歌おう。

ありったけの想いを込めて。

3

ざわめきに満ちたライブハウス。

照明が落ちた暗いステージの上に俺たちが出て行くと、大きなどよめきと歓声が上がり
――すぐに静まり返る。

フロアには満員の観客。今はまだ暗くて知っている顔があるかは分からない。

期待感と緊張感に包まれた空気。

懐かしい――。

皆がライブの始まりを待つこの静寂が俺は好きだった。

もう二度と立つことはないと思っていた場所に、俺はいる。

〝ソウタ〟の声を失った時点で、もうここに立つ資格はないと思っていた。

けれど俺は――戻ってきた。

Light Moment の藤波奏太《ふじなみかなた》として。

テルはドラム、マッキーはベース、ユキはギター。

そしてボーカルの俺はマイクの前に立ち、準備を整えた皆と視線を合わせる。

全員が軽く楽器の状態を確認した後、テルがドラムのスティックを掲げて打ち合わせた。

タンタンタン――。

ジャンッと音が弾《はじ》ける。

皆が最初の一音を響かせる。

同時にステージが光に包み込まれた。

眩《まぶ》しさで一瞬何も見えなくなる。
熱すら感じる強い照明の中で、俺も——叫ぶ。
最初は皆がノれるアップテンポの曲。
観客たちのテンションが上がる中、光に慣れてきた目が彼らの表情を捉える。
皆——笑顔だ。
そして最前列に美沙貴《みさき》ちゃんと東雲《しののめ》さんがいることに気付く。
彼女たちは腕を掲げ、他の観客と一緒に飛び跳ねていた。
後ろの方には、エレナと彼女に肩車された忍《しのぶ》ちゃんの姿が見える。
穂高《ほだか》さんもその傍《そば》に立っていた。
——来てくれたんだな。
胸の中でありがとうと感謝する。
ただ、ソラちゃんの姿は……パッと見た限りでは分からなかった。
観客の中に埋もれているのか、それとも来ていないのか……。
どちらでも——いい。
たとえここにいなくとも、どこにいようとも、彼女にも届ける気持ちで歌を歌う。
二曲目は、Light Moment の曲の中で一番有名なナンバー。
南《みなみ》エレナの作ったアニメ映画〝ＷＩＮＧ〟で挿入歌として使われた曲。
観客はさらに盛り上がり、俺の熱も高まっていく。

そしてＭＣと休憩を挟みつつライブは進行し、後半パートに入る前にセットを変更。

俺の前にはマイクとキーボード。

ここからは俺も演奏に参加する。

「――次はバンドとしても、俺自身としても、新たな挑戦になる一曲だ。このライブが初披露だから、ちょっと緊張してる」

曲前のＭＣでそう言うと、観客から笑い声が漏れる。

昔の――全力で背伸びをして、格好を付けて、色んなものに攻撃的な歌ばかり歌っていた俺なら、こんなちょっとした弱音を吐くことはなかっただろう。

けれど今は自然と自分の想いを口にすることができた。

「でも、届けたいから――歌うよ。聴いて欲しい。曲名は……」

俺の望み、願い、夢――そして、君への想い。

それらを詰め込んだ曲の名を告げる。

「――〝ちいさな君と、こえを遠くに〟」

4

ソラは観客の中に紛れて、彼の歌を聴いていた。

皆のように飛び跳ねたりはせず、観客たちの隙間から時折見えるステージ上の彼に眼差《まなざ》しを向けている。

――来てよかった。

彼女は心の中でそう思う。

不思議と悲しい気持ちにはならなかった。

彼の歌は心の奥底にまで響き、体を熱くさせる。

――やっぱりわたし、カナタさんのことが……。

気になったのは、初めて会った時。

意地悪なクラスメイトから帽子を取り戻してくれた〝お兄さん〟は、とてもカッコ良く見えた。

でも、憧れたのは――心を強く魅《ひ》かれたのは、朗読での演技を――想いを乗せた彼の〝声〟を初めて聞いた時。

凄いと思った。

あんなに〝力〟の宿った声をソラは聞いたことがなかったから。

その声で今、彼は歌を歌っている。
心が震えないわけがない。
ライブが始まった時、彼のシャウトに鳥肌が立って一気に曲の中に引き込まれた。
もやもやした気持ちなんて一瞬で忘れて、ステージ上の彼だけに魅入られていた。
──次は新曲……。
わくわくする。
今度はどんな歌を聴けるのだろうと。

「──曲名は……〝ちいさな君と、こえを遠くに〟」

けれどタイトルを聞いて、ソラは体を震わせる。
思い上がりかもしれない。勘違いかもしれない。
でも……！
観客たちは新曲の発表に盛り上がり、歓声を上げていた。
前奏が始まる。
「っ……！」
伝えなきゃ──と思った。
自分がここにいることを、ちゃんと歌を聴いていることを。

だけど、この小さな体では観客を掻き分けて前に出ることはできない。
ぴょんぴょん飛び跳ねたところで、顔を出すことも不可能だ。
だから手段は一つしかない。
彼に届くかもしれないものは――この〝声〟だけ。

「がんばって――――――――っ‼」

肺に溜《た》めた空気をお腹《なか》から全て絞り出す。
歓声の中でも届くように。
ただ必死に声の限りに叫ぶ。
沸き立つ観客の間から一瞬だけ見えた彼が、こちらの方を向いた気がした。
とくんと心臓が高鳴る。
そしてフロアに彼の声が響き渡った――。

5

――聞こえた。
沸き立つ観客たちの叫びを貫き、唯一無二の声が俺の耳に届いた。

そちらを見ても彼女がどこにいるかは分からない。

けれど、いる。

絶対にソラちゃんはそこにいる。

ならば全身全霊で伝えよう。

俺の想いを――この歌で。


「――――！」


俺の第一声に驚いた者は多かっただろう。

何故《なぜ》ならそれは、これまでの歌声とは異なるものだったから。

音程ではなく、声色そのものが違う。

養成所に通い始めたことで、初めて自覚したのだが――俺は演じる役柄によって大きく声色を変えることができた。

講師が言うには、俺が出せる音域はかなり広い方らしい。

もちろん、かつての声――〝ソウタ〟の澄んだ高音は出せないが、それを失ったことで幅のある演技が可能になっていた。

そして中級クラスになり、歌のレッスンも始まったことで気が付いたのだ。

声色を変えたまま歌うことが、さほど苦ではないことに。

プロの声優でもキャラを演じたまま歌うのは難しいと聞いたことがある。

確かに最初は少し無理が出る音域もあったが、練習を重ねることで上手く調整することができるようになった。

他人には難しいことが、わりと簡単にできる——俺はそれを〝才能〟と呼ぶのだと知っている。

〝ソウタ〟の声のような、他に代わりのないギフトではないけれど、それでも今の俺にとっては大きな武器。

演技だけではなく、歌でも表現の幅を広げることができる。

そしてこの曲にこそ、そうした表現が必要だった。

歌う——。


〝君〟への想いを。俺の覚悟を。


本能、本心。

理性、理想。

そうした二つの心を、一つの喉で演じ分け、表現する。

どちらも俺だ。

俺自身だ。

けれど〝君〟の想いに応えられなかった日——何も伝えることができなかった。
告白自体を受け流してしまった。
受け入れることも、断ることも、間違いだと思ったから。
その考えは今も変わっていない。
そもそも正解なんてなかっただけ。
だからせめて、この迷いも含めて全てを伝える。
もう表に出す気持ちを選ばない。
この心にある何もかもを曝《さら》け出《だ》す。
たとえ相反する想いでも、歌でなら同時に表現できる。
この声でなら、きっと明確に伝えられる。

その声に心惹《ひ》かれたこと。
その才能に焦がれたこと。
儚《はかな》くちいさな〝君〟を守り、導くと決めたこと。
〝君〟の信頼が心地よかった。
〝君〟のはにかむ顔に胸が温かくなった。

帰り道――手を繋《つな》いで帰った。
季節と共に色合いを変える夕焼けを、並んで見上げた。
いつまでもこんな日々が続いて欲しいと思っていた。
けれど、その手をいつか離す時が来ると知っていた。
離したくない。

――〝君〟にはどこまでも遠くまで歩いていって欲しい。

その背中を、未来を、見守りたい。

――傍にいたい。

遠くからでもいい。

――一番、大切に想っている。

俺自身の気持ちなど、どうでもいい。
そう、考えていた。

でも距離を取るには遅すぎた。

手遅れだった。

だから、もう嘘《うそ》は吐かない。

あの日の選択は変えられないけれど、今日からの——未来での関わり方は変えるべきだと思ったから。

それでもやっぱり正解は分からないまま。

分からないから〝君〟と話したい。

傷付けてごめん。

嘘を吐いてごめん。

だけど、もう一度話したい。

——まるでちゃちなラブソングのような訴え。

この世界には、ありふれている感情。

だけど俺と〝君〟にとってだけは特別な歌。

情けなくて、恥ずかしくて、否定したい気持ちもあるけれど、この歌はやはり——ラブソングではあるのだろう。
これは〝君〟だけに向けた歌だから。
〝君〟の声はきっと世界に響き渡る。
だから俺も負けないように。
〝君〟がどこにいてもこの声を届けよう。

どこまでも——遠くに。

6

歌が終わる。
ソラは自分の頬が濡《ぬ》れていることに気付く。
泣いていた。
悲しくて？
嬉しくて？
分からない。
だけど手で拭った涙は温かくて、体はのぼせたみたいに熱かった。
歓声と拍手が響き渡る中、ソラは深呼吸をする。

全部分かった気がした。

あの人の気持ちが、想いが。

思い描いていたほど、彼は完璧な人じゃなかった。

違う世界に住む大人じゃなかった。

たくさん悩んで考えていた。

――わたしのことを想ってくれていた。


『どうしたらいいのかな、ソラちゃん？』

困ったような表情で問いかける彼の顔が浮かぶようだった。

――わたしも分かりません……カナタさん。

彼よりも子供で、知らないことばかりの自分には、正解なんて導けない。

だから話をしようと思う。

いっぱい話し合って、相談して、ちょっとでも楽しくて幸せな明日になればいいなと思う。


きっと大丈夫。

だって一つだけ確かなものがあるから。

――カナタさん、大好きです。

心の中であの日の——全力の告白を繰り返す。

彼も、歌に乗せて精一杯の告白を返してくれた。

きっとこの胸の中にある気持ちは同じ。


——一人じゃない。わたしだけじゃない。


カナタさんが一緒にいてくれる。

同じ歩幅で、並んで歩いてくれる。

同じ気持ちで、笑ってくれる。

だから——何も怖いものはない。

7

ライブ後、一般客が帰ったライブハウスには関係者と招待客だけが残っていた。

復帰予定の事務所の人間や、プロモーションに協力してくれた配信者、家族や親族、大切な友人たち——。

彼らは舞台に戻ってきた俺たちに拍手を送ってくれる。

俺たちLight Momentのメンバーはそれぞれが感謝の言葉を述べ、彼らを一組ずつ出入り口で見送った。

しばらくすると〝彼女たち〟の順番がやってくる。

俺が招待チケットを渡したエレナ、穂高さん、美沙貴ちゃん、東雲さん、忍ちゃん——それにソラちゃん。

「いいライブだった。来てよかったよ」

エレナは短く告げ、ポンと俺の肩を叩《たた》いた。

「ホントすっごいよかった！　マジで最高!!　最後の方、よく分かんないけど泣いちゃったもんっ！」

穂高さんはまだ興奮冷めやらぬといった様子でライブを褒めてくれる。

「カナ兄《にい》とバンドの皆さん、素晴らしい時間をありがとうございましたっ！　あたし、ライブって初めてで——ハマっちゃいそうです！」

美沙貴ちゃんは敬語で俺を含めたバンドメンバー全員に感謝を述べた。

元々しっかりしていたが、中学生になり色々な面でさらに成長したのを感じる。

「ぐすっ……ひくっ……藤波先輩、このライブを生で見られて……本当によかったですわ」

東雲さんは目を擦りながら感動を伝えてくれる。

「お兄ちゃん！　しのぶね……悔しいの。お兄ちゃんはしのぶのファンなのに……しのぶもお兄ちゃんのファンになっちゃいそうなの」

忍ちゃんは複雑そうな口ぶりだったが、その顔は興奮で上気している。

そしてソラちゃんは——。

「あの……カナタさん」

俺の前に立ち、彼女は顔を上げた。

真っ直《ま》ぐ《す》に俺を見つめる瞳。

俺はごくりと唾《の》を呑む。

あの歌には俺の全てを込めた。

だけどそれが伝わったかは、まだ分からない。

緊張しながら彼女の言葉を待つ。

そんな俺を見て彼女は頰を緩めた。

そして——優しく、柔らかな声で言う。

「とても……とても……素敵な歌でした」

感情がぎゅっと詰まった短い言葉。

それを聞いて、俺の緊張は解けた。

これ以上はない褒め言葉だ。

ただ、その一言が嬉しい。

俺は自分の胸に手を当て、彼女の言葉を心に染み込ませてから、ソラちゃんたちの顔を見回す。

「──皆、ありがとう。聴いてくれて……ありがとう」

感謝を繰り返し、一人ずつと握手を交わした。

最後に握ったソラちゃんの手は、以前と変わらず小さかったけれど──ぎゅっと、とても力強く俺の手を握り返してくれた。

8

夏休みが終わり、秋の気配が近づく。

「──こうして全員揃《そろ》って養成所に行くのは、ホントに久しぶりね」

ライブから二週間後、雛野《ひなの》駅の改札前に集まったメンバーを見て、穂高さんがしみじみと呟いた。

「そうだねっ！　やっぱり皆一緒だっと嬉しいな！」

美沙貴ちゃんが同意すると、東雲さんがぺこりとお辞儀をする。

「穂高先輩、昇級おめでとうございます」

先日中級に上がったばかりの穂高さんは、照れたように頭を掻く。

「あはは、ありがとう。色々と頑張った甲斐《かい》があったわ。でもお祝いをするなら、私よりもソラちゃんよ」

そう言って彼女はソラちゃんの方を見た。

「オーディション合格したんでしょ？　本当におめでとう！　放送されたら絶対チェックするからねっ！」

「あ、ありがとうございます……でも、まだ少し先のことなので……」

恥ずかしそうに肩を窄《すぼ》めてソラちゃんは答える。

するとと忍ちゃんが彼女の服をくいくいと引っ張った。

「ソラお姉ちゃん、しのぶは絶対に追いついてみせるの。アニメとか、他の番組にもいっぱい出て有名になってみせるから！」

「は、はい――」

戸惑いながら頷いた後、ソラちゃんはしっかり忍ちゃんと目を合わせて言葉を続ける。

「忍ちゃんに負けないぐらい、わたしも頑張ります」

強くなったと――そう思う。

不調だと聞いていたのが嘘に思えるぐらい、今のソラちゃんからは揺るぎない自信のようなものを感じた。

じっと見つめていると、視線を感じたのかソラちゃんがこちらを向く。

目が合い、数秒。

何も言葉が出て来ない。

だが顔が死ぬほど熱くなる。ソラちゃんの顔も赤くなっていく。

ふい――と同時に顔を逸《そ》らし、息を吐く。

ダメだ。どうしようもなく恥ずかしい。

彼女がくれた〝とても素敵な歌でした〟という言葉。

その時はライブ後でテンションが上がり切っていたため、わりと平静さを保てたが――

こうして日常の中で顔を合わせるとどんな表情をしていいか分からなくなる。

当然、〝こうなる〟覚悟もした上で気持ちを曝け出して歌ったのだが――ソラちゃんを前にすると動揺は隠せない。

あの歌を聴いてどう思ったのか。

あれから何度か話す機会はあったものの、気恥ずかしくてまだ詳しくは聞いていない。

〝素敵な歌〟と表現してくれたから、悪く捉えられたわけではないと思う。

あれがソラちゃんに向けた歌だと気付いてくれてはいるだろう。

先ほどの反応がその証拠。

けれど、だからこそ俺の本心を知って彼女が何を思ったのか――気になって仕方がない。

ただ皆の前で聞くことではないため、訊《たず》ねるとしてもタイミングを計る必要がある。

そう考えていると、ソラちゃんが俺の傍に寄ってきた。

「あ、あの、カナタさん――」

「……何だい？」

緊張しながら聞き返す。

「わたし……お仕事をすることになって、プロダクションからスマホを貸してもらえたんです。だからその……これからはお母さん経由じゃなくて、わたしに直接……」

モジモジしながらスマホを見せるソラちゃん。

汀《なぎさ》さんに頼むことで連絡を取ることはできていたが、やはり気兼ねなくやり取りをしたい気持ちがあるのだろう。

「分かった。じゃあ改めて連絡先を交換しておこう」

俺はソラちゃんに笑みを向け、自分のスマホを取り出す。

「あ、カナ兄だけずるーい！　あたしも交換したい！」

すると美沙貴ちゃんもスマホを手に近づいてきた。

そして皆で連絡先を交換する流れになり、ソラちゃんはあたふたしながら慣れないスマホを操作する。

俺との交換が終わった後、順番を待っていた穂高さんが横から俺に囁《ささや》く。

「ソラちゃん――調子が戻ったみたいでよかったわね」

「ああ」

「あの歌を聴いて、藤波くんが今一番大切にしたいものが分かったわ」

「え――」

その言葉にドキリとして彼女の方を向く。

「そりゃバレるわよ。あれだけ大声で歌ったんだから。まあ……ライブの時は何となくって感じだったんだけど、思い返してたらストンと腑《ふ》に落ちた感じ」

苦笑を浮かべた彼女は、俺の頬をちょんとつついた。

「でも、前に言った通り私は諦めない。勉強も養成所も全力で頑張って――藤波くんが魅力的に思える人になるから」

そこまで見透かされていたかと驚き、改めて彼女の好意の大きさを感じる。

「そしたら――〝タイミング〟次第でワンチャンあるかもでしょ？」

冗談っぽく彼女は笑い、俺から離れる。

そこで気付く、既に連絡先の交換を終えた美沙貴ちゃんと東雲さんが俺をじっと見ていることを。

「ねえねえカナ兄――」

「藤波先輩……」

二人に手招きされて顔を近づけると、彼女たちは俺の左右から囁く。

「やっぱりさ、中学卒業まで待つの止《や》めたから」

「わたくし――校則よりも大事なことがあると気付きましたわ。というかバレなければいいんですもの」

突然の言葉に俺は固まる。

校則というのは、東雲さんの通っている中学の男女交際を禁じるもののことだろう。

だから中学を卒業するまでは異性と付き合えないと言っていたのだが――。

「そういうことでよろしくっ！」

「では失礼いたします」

美沙貴ちゃんと東雲さんは言いたいことだけ言うとソラちゃんのところへ戻っていった。

方針を変えた理由を聞く暇もない。

だが——やはりあの新曲が原因のような気はした。

そして彼女たちと入れ替わりに今度は忍ちゃんがやってくる。

「しのぶね……目標ができたの」

「目標？」

聞き返すと忍ちゃんは俺に指を突きつけた。

「お兄ちゃんをファンにしただけじゃ足りなかったの。お兄ちゃんをもっとトリコにしないとダメだって気付いたの。だから、しのぶ——すっごいアイドル声優になるから」

そう宣言する忍ちゃん。

「〝推し〟のことしか見えなくなったら……きっと、しのぶの歌も作ってくれるよね？」

最後にそう付け加えられた言葉で、彼女も俺の新曲の意図を理解していることが分かった。

皆にバレていたことが恥ずかしくなり、俺はガリガリと頭を掻く。

そこでスマホが微《かす》かに震えた。

見ると一件のメッセージが届いている。

――ソラちゃんからだ。

そちらを見ると、彼女は手にしたスマホで顔を隠してしまう。

その仕草にドキリとしながらメッセージを確認。

『わたし、負けません』

何に対しての宣言なのかは、記されていない。

けれど、囁き声だった穂高さんや美沙貴ちゃんたちとは違い、忍ちゃんとの会話は聞こえていたはずだ。

その上で負けないと書いたのであれば――。

俺はもう一度頭を掻く。

ソラちゃんと――皆とこれからどう関わっていくのか。

どんな未来が訪れるのか。

今の俺には想像することもできなかった。

でも、一歩一歩進んでいこう。

歩幅も、歩く速度も違うけれど、こうして交わる瞬間は必ず訪れるはずだから。

終章

「で――改まって私に話とか……いったい何なんだい？」

少し困ったような顔で俺に問いかける汀《なぎさ》さん。

「あの、ちゃんと話しておかないといけないことがありまして――」

「お母さん、聞いてくれる？」

俺とソラちゃんは、汀さんと居間の机を挟んで向かい合う形で座っている。

張りつめた空気の中、俺はごくりと唾を呑《の》み込《こ》んだ。

――落ち着け。これが今、俺がやるべきことなんだ。

ソラちゃんと連絡先を交換してから、メッセージでも、電話でも、たくさん話をした。

これからどうしていくのか。

お互いに手遅れな想《おも》いを抱えて、どんな風に毎日を積み重ねていくのか。

譲れないもの、守らなければならないものは、何なのか。

包み隠さずに自分の考えを伝えた。

あの歌で全てを曝《さら》け出《だ》していたから、今さら秘密にすることなど何もなかった。

その結果――俺とソラちゃんの意見が一致したことが一つ。

それが汀さんに話をすること。

だから今日、俺はこの団地を訪れ——ソラちゃんと共に、汀さんと相対していた。

「もちろん聞くけどさ——」

眉を寄せて言う汀さんに、まずソラちゃんが口火を切った。

「あのっ……お母さん！　わたし……わたし……カナタさんのことが……その、とってもとっても大切で——だから、この前……カナタさんに告白したの」

俺も彼女に続いて口を開く。

「でも俺は、告白に……応えませんでした。その時は、それが正しいことだと思ったからです。だけど色々あって考え直しました。悩んでいることも含めて、俺の気持ちを偽らず伝えるべきだって。俺も——ソラちゃんのことがとても大切だから。他の何かと比べられないぐらいに」

歌詞が書けなくなるほどに、彼女の存在は俺にとって大きかった。

もしかするとこの気持ちには、ちゃんとした名前があるのかもしれない。

ただそれをまだ声に出すことはできなかった。

これも二人で決めたこと。

「——そうかい。それで？」

汀さんは驚くことなく頷《うなず》き、先を促す。

だがソラちゃんはきょとんと首を傾《かし》げた。

「え？」

今度は汀さんが困惑の声を上げ、俺の方に視線を向ける。

「へ？」

「奏太《かなた》くん……？」

俺はどうしたものかと思いながら答えた。

「あの、俺たちから伝えたいことは——今ので大体全部です」

「はぁっ!? 何だい何だい、ここからが本番だろう？ 娘さんをくださいって言う場面じゃないのかい？」

身を乗り出して言う汀さんに、俺は首を横に振る。

「いや、ソラちゃんはまだ小学生じゃないですか。そんなことを言っていい対象じゃありません」

「…………え？ は……？ そりゃそうだけど……あれ？ おかしいのは私の方？ でもさ、さっき……あんたたちお互いが大切だって——つまりは両想いってことだろ？」

その言葉に顔が熱くなる。

「ちょっとお母さん！ 恥ずかしいこと言わないでよ！」

同じく顔を赤くしたソラちゃんに怒られ、汀さんはますます困惑を深めた。

「え？ 違うの？」

「ち、違うっていうか……お互い大切なのは確かだけど――付き合うとか、そういうことじゃなくて――」

上手《うま》く説明できずにいるソラちゃんに代わって、俺が言葉を続ける。

「俺たちは今すぐに関係性とか、お互いの日常を変えるつもりはありません。変えることが正しいことだとは思えないし、変えてしまったら――大切なものが壊れる気がするんです」

だから一度はソラちゃんの告白を受け流した。

でも、それもまた正解ではなかった。

だから――今の俺たちは、こうするしかない。

「わたしも今はこれで精一杯で……自分の想いを伝えられて……カナタさんの気持ちを知れただけで……とっても幸せで……もっと大人にならないと、もう受け止めることも、欲しがることもできそうになくて……」

ソラちゃんも頑張って自分の考えを伝えようとする。

「俺とソラちゃんは、お互いの気持ちを伝えて――知って――その上でこれまでと同じように過ごしていくつもりです。表面上は何も変わらないかもしれないですが――それでもこのことは、汀さんにちゃんと伝えておこうと二人で決めました」

個人レッスンをすることになった時、汀さんは俺を信頼してソラちゃんを預けてくれていた。

だというのに、こんな気持ちでソラちゃんと接するのは――その信頼に対する裏切りとも言える。

彼女に〝ソラとかはどうだい〟と薦められたことはあったが、それを真に受けていいはずもない。

何故《なぜ》ならソラちゃんは汀さんにとっても、何より大切な存在のはずだから。

俺たちの話を聞いた汀さんは、一度天井を仰いでから大きく息を吐く。

「はぁー……あんたたちは何て言うか、想像以上に面倒臭いねぇ」

呆《あき》れたように呟《つぶや》いた後、彼女は笑う。

「ただまあ――礼は言うよ。ソラを大事にしてくれてありがとう、奏太くん」

彼女は腕を伸ばし、俺の肩をポンと叩《たた》いた。

「はい、これからも大事にすると約束します」

俺の返事に彼女は吹き出す。

「ははっ……それはもうプロポーズみたいな台詞《せりふ》だと思うけどね。とにかく今後のことは、ソラがもう少し大人になってからってことなんだろ?」

汀さんが確認すると、ソラちゃんは頷く。

「うん……！　だからお母さん、もうちょっとだけ見守ってて！」

「了解。でも母親として、一つだけアドバイスさせてくれないかい。現状維持はいいけれど、あまりに変化がないと結局友達関係のままで落ち着くことになるよ？　たとえば――おはようとおやすみの挨拶を毎日するとか……〝両想い〟らしいことはしておきな」

そうアドバイスされたソラちゃんだったが、少し困った顔で俺を見る。

「えっと……それはもうしてますよね……カナタさん？」

「ああ……」

照れ臭さを感じながら俺は頷く。

「な、何だい――やることはやってるんじゃないか。じゃあ他には……そうだ、お互いの記念日は大切にするんだよ？　誕生日とかクリスマスぐらいは、二人で遊んできたらどうだい？」

動揺を見せながらも新たなアドバイスをくれる彼女だったが、ソラちゃんは顔を赤くして俯《うつむ》く。

「もう……あの……そういうのは約束してて……」

「………」

無言になった汀さんはぷるぷると体を震わせ、我慢しきれなくなったように叫ぶ。

「っていうかもうラブラブじゃんっ!!　付き合ってんじゃん！」

「ち、違うから！　お母さん、恥ずかしいからやめてっ！」

真っ赤になって身を乗り出したソラちゃんは、汀さんの口を塞ごうとする。

「は、ははは……」

俺は何と言えばいいか分からず、乾いた笑みを浮かべるしかない。

ただとにかく、この〝気持ち〟を抱いたまま進む許可は貰《もら》えた。

そのことに安堵《あんど》し、俺は胸を撫《な》で下《お》ろす。

ソラちゃんと汀さんは俺を置いてきぼりにして言い合いを続けている。

何となく、この光景がいつか日常になるような——そんな予感がした。

＊

駅までの道をゆっくりと歩く。

ちいさな君と、二人並んで。

太陽は西に傾き、建物の窓に反射した夕陽《ゆうひ》が目に眩《まぶ》しい。

「お母さんに怒られるんじゃないかって……実はずっと心配してました」

ソラちゃんが苦笑交じりに言う。

「いや、怒られるとしたら俺だろ？　ソラちゃんは何も悪くない」

俺はそう言うが、彼女は首を横に振る。

「あの……たぶん気にしている部分が違って……えっと、わたしが言いたかったのは、お母さん――カナタさんの大ファンだったから……」

「あ」

そこでやっと彼女が言いたいことを理解した。

今日は〝ソラちゃんの母親〟である汀さんに報告へ行ったのだが、彼女はEternal Redの頃から俺を応援してくれている古参ファンでもある。

ファンとしての彼女が何を思ったのかは、俺には分からない。

「……音楽活動も、今以上に頑張っていかないとな」

それだけがファンに対して俺ができること。

「わたしも応援してます……！　そうだ、この前の新曲――すごく人気みたいですね！」

「ああ、評判は思った以上によかった。声色を変えて歌ったから、らしくないとか、邪道だとか言われる覚悟はあったんだが……」

あれはソラちゃんに向けて作った歌だったから、他の人たちに批判されても甘んじて受け入れるつもりだった。

しかしライブ後にＰＶと共に発表した新曲は、これまでにない勢いで再生数が回り――音楽系のニュースサイトでも取り上げられた。

「そんなこと誰も思わないですよ！　だって……すごく良《い》い歌だったから……！　ただ、たくさんの人に聴かれるほど……恥ずかしくなっちゃいますけど」

頬を染めてソラちゃんは言う。

その反応を見て、俺の顔も熱くなった。

沈みゆく太陽の光は、段々と赤みを増しているが――それだけでは、お互いに顔の火照りは隠せない。

「それはまあ――俺も同じだよ」

作った曲が人気になってこんな複雑な気持ちになるのは、初めての経験だった。

「今後も声色を変えて歌う曲を作ろうって、バンドメンバーは盛り上がってる。今回は二種類の声を使い分けてたけど、どうせなら七種類にして〝虹の歌声〟ってキャッチにしようぜってさ――無茶言うなって感じだよ」

俺は肩を竦《すく》めるが、ソラちゃんは顔を輝かせて俺に詰め寄ってくる。

「それ、すごくいいと思います！　虹の歌声――素敵です！　カナタさんなら絶対にできますよ！」

「え、ええ……？」

俺は戸惑うが、ソラちゃんにそこまで言われてしまうと悪い気はしない。

「まあ……努力はしてみるよ。そのためには、声優としての技量ももっと上げないとな」

俺はそう言ってソラちゃんの目を見つめた。

「ソラちゃん――改めて、プロデビューおめでとう。俺も〝いつか〟声優として、君と共演できるよう頑張るから」

「はい……わたしも、カナタさんと一緒にお仕事ができたらすごく嬉《うれ》しいです……！」

大きく頷いたソラちゃんは、何かを思い出した様子で言葉を続ける。

「そうだ――エレナさんがまた新しいアニメ映画を作り始めたみたいですよ？　キャストのオーディションは、まだ一年以上先みたいですけど……」

何か言いたそうにソラちゃんは俺をじーっと見つめてくる。

俺はぽりぽりと頬を掻《か》き、覚悟を決めて頷いた。

「〝いつか〟じゃなく――その作品に出演するのを、当面の目標にしようかな」

「はいっ……一緒に合格しましょうね！　カナタさん！」

その頃にはもう俺がプロ声優になっていると信じ切っているソラちゃんに、俺は強がりの笑みを返す。

本当に――必死に、頑張らないと。

この子と、どこまでも共に歩いて行くために。

同じ場所から、彼方《かなた》まで声を響かせるために。

夕焼けの中、並んで歩く。

眩《まばゆ》い光が行き先を示す。
俺の望みは、夢は、曲に記した。
もし見失うことがあれば、歌えばいい。
この子へ向けた、あの曲を。

ちいさな君と、こえを遠くに——。

〈了〉

あとがき

お久しぶりです、ツカサです。

この度は『ちいさな君と、こえを遠くに』三巻を手に取っていただき、ありがとうございます。
一、二巻が〝児童館編〟だとすれば、三巻は〝養成所編〟みたいな感じでしょうか。
皆のその後を描くことができて、とても楽しかったです。

それぞれ進級、進学し、新たな道を歩き始めた奏太《かなた》たち。彼らの物語を見届けていただけると嬉しいです。

そして実を言うと、このシリーズを始めた辺りから私も新しい生活を始めています。

約九年間暮らした東京のアパートを出て、長野県の方に引っ越しました。前巻のあとがきでペーパードライバーを卒業したと書きましたが、車が必要な環境になったというのがその理由です。

私は大学時代に車の免許は取ったものの、その後は徒歩と自転車で生活していました。正直〝もう今さら車なんて怖くて乗れない！〟という気持ちだったので、まさか日常的に運転するようになるとは思っていなかったです。

車が移動手段になると本当に色々なところへ行けるなと感じます。

長野は温泉が多いのですが、おかげで様々な湯を巡ることができました。

私は長野に来るまであまり温泉に行ったことがなく——正直に言うと、温泉の〝効能〟というものをあまり信じていませんでした。

家のお風呂で入浴剤を使っても、特に大きな効果を感じたことがなかったので、天然の温泉も同じようなものなのだろうと考えていたのです。

ですが本物の温泉は、入浴剤とは全くの別物でした。いや、マジでスゲーです。何と言うか、継続的に通うことで明らかに体の各所に〝効いてくる〟んですよね……。

一時的に肌がつるつるになるとかいうレベルではなく、根本的な部分から癒《いや》されている感じがしました。湯治《とうじ》という言葉があるのも頷けます。

分かった気になっていても実は分かってないことは、まだまだたくさんあるのでしょう。

そういうことを、これからの新しい生活の中で色々と学んでいけたらと思っています。

あと長野に来て印象的だったのは、ライチョウを生で見られたことです。

ライチョウは高山帯で暮らす鳥で、冬は雪に紛れる真っ白な色、夏は岩場に紛れる色に変わります。大町山岳博物館という場所でちょうど毛が生え変わるタイミングのライチョウを見ることができました（後で調べたら東京の動物園などにもいるみたいですが）。

子供の頃、暮らしていた京都から母の実家がある石川県に行く際、〝雷鳥〟という特急に乗ったのですが、そのヘッドマークにはライチョウの絵が描かれていました。

以来、ライチョウは鳥カテゴリ内での〝推し〟のような存在だった気がします。

いつか自然の中にいるライチョウも見てみたくはありますが……今のところは難しいので遠い目標の一つにしておくつもりです。

それではそろそろ謝辞を。

しらたま先生。三巻も最高に素晴らしいイラストをありがとうございます。

みんな魅力的で可愛くて、どのシーンも私が頭の中でぼんやりと思い描いていたものより、ずっと印象的で心に残るものになっていました！

現在コミカライズを担当してくださっている、くうねりん先生。毎回とても楽しく読ませていただいております。本当に素晴らしいコミカライズをしていただき感謝です……！

担当の庄司様。三巻も的確な助言で本作をより良い形になるよう導いてくださり、ありがとうございます。今後ともよろしくお願いいたします。

最後に読者の方々へ最大級の感謝を。

それでは、また。

二〇二四年　二月　ツカサ

ちいこえ
3巻
お読みいただき
ありがとうございました！
Shiratama.

講談社ラノベ文庫

ちいさな君《きみ》と、こえを遠《とお》くに3

ツカサ

2024年3月29日第1刷発行

発行者	森田浩章
発行所	株式会社　講談社 〒112-8001 東京都文京区音羽2-12-21
電話	出版　(03)5395-3715 販売　(03)5395-3605 業務　(03)5395-3603
デザイン	たにごめかぶと(ムシカゴグラフィクス)
本文データ制作	講談社デジタル製作
印刷所	株式会社ＫＰＳプロダクツ
製本所	株式会社フォーネット社

KODANSHA

ISBN978-4-06-534427-9　N.D.C.913　231p　15㎝
定価はカバーに表示してあります

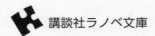